MIL
PÁSSAROS
DE PAPEL

SEVERINO RODRIGUES

ILUSTRAÇÕES DE LAERTE SILVINO

MIL
PÁSSAROS DE PAPEL

Editora do Brasil

© Editora do Brasil S.A., 2020
Todos os direitos reservados
Texto © Severino Rodrigues
Ilustrações © Laerte Silvino

Direção-geral: Vicente Tortamano Avanso

Direção editorial: Felipe Ramos Poletti
Supervisão editorial: Gilsandro Vieira Sales
Edição: Paulo Fuzinelli
Assistência editorial: Aline Sá Martins
Auxílio editorial: Marcela Muniz
Supervisão de arte: Andrea Melo
Design gráfico: Ana Matsusaki
Supervisão de revisão: Dora Helena Feres
Revisão: Marina Moura e Martin Gonçalves

Dados Internacionais de Catalogação na Publicação (CIP)
(Câmara Brasileira do Livro, SP, Brasil)

Rodrigues, Severino
   Mil pássaros de papel / Severino Rodrigues ;
ilustrações de Laerte Silvino. – São Paulo: Editora do Brasil, 2020. –
(Série cabeça jovem)
   ISBN 978-85-10-08046-0
   1. Ficção juvenil I. Silvino, Laerte. II. Título III. Série.
20-32385   CDD-028.5

Índices para catálogo sistemático:
1. Ficção : Literatura juvenil   028.5
Iolanda Rodrigues Biode - Bibliotecária - CRB-8/10014

1ª edição / 2ª impressão, 2024
Impresso na Melting Color Indústria Gráfica.

Avenida das Nações Unidas, 12901
Torre Oeste, 20º andar
São Paulo, SP – CEP: 04578-910
www.editoradobrasil.com.br

> SÓ PENSO PENSAMENTO QUE ME FAZ SOFRER.
> POR QUE ESTA DROGA DE CABEÇA TEM TANTO
> ÓDIO DE MIM?
>
> Lygia Fagundes Telles

01 QUEM PROCURA UMA COISA, ACHA OUTRA

"Estranho...", pensou Letícia. "Será que ele não vem?".

Apertou o botão lateral do celular e guardou-o. Depois, olhando para a infinidade de objetos em exposição no estande, escolheu um.

– Quero essa touca do gatinho azul – pediu.

– Já disse que Happy não é bem um gatinho azul... – Clara corrigiu a amiga.

– Você falou que ele tem asas, anda como gente e tal... No mangá ou no anime pode até não ser, mas continuo enxergando um gatinho azul.

– Você não nasceu pra *otaku* – brincou Clara, rindo. E, se voltando para o vendedor, pediu: – Ô, moço, vou querer essa Chopper.

– Se minha mãe estivesse aqui, diria que tudo isso é Goku – comentou o atendente, entregando o pedido. – Só que a cultura *pop* japonesa é um mundo!

Era a primeira vez que Letícia ia para o Japan Friends, no Centro de Convenções, em Olinda. Quem a convidara fora Clara. Elas se conheceram no Clube do Livro do Colégio João Cabral de Melo Neto. Embora fossem do 8º ano, Letícia estudava de manhã e Clara, à tarde. Os encontros do Clube aproximaram as duas. E Letícia nem imaginava que a nova amiga era fissurada por mangás e animes. Diferentemente de Clara, a garota era louca por poemas. Mesmo assim, aceitou o convite para o evento. Nele, as duas conferiram os estandes com uma infinidade de produtos, além de tirar fotos com os mais diversos *cosplays*.

Letícia pôs a touca do personagem Happy, de *Fairy Tail*, e Clara, a de Chopper, a rena de *One Piece*. Tiraram várias *selfies* até que concordaram com uma que dava para postar.

Logo depois, Letícia enviou a foto para Makoto. Ele dissera que ia ao evento. Entretanto, já passava das quatro da tarde e nem sinal do garoto. Ele também não respondera a nenhuma das mensagens. Letícia insistiu:

Vc já tá por aqui?

Ela queria apresentar Clara a Makoto. Pensava que eles tinham tudo a ver, imaginando até um possível namoro. Sentia-se um verdadeiro cupido.

– Achar Makoto aqui vai ser como procurar Wally naqueles livros infantis – comentou Letícia após dar mais uma volta.

– Ou o Pandaman, de *One Piece* – sugeriu Clara.

– Menina, eu não pego todas essas suas referências – disse a amiga, rindo, quando viu Kenji.

Ele era primo de Makoto e estava jogando na bancada de *video games* de diferentes décadas. Talvez soubesse informar o paradeiro do outro.

– Vem comigo, Clara – arrastou Letícia.

– O que foi?

– Só me acompanha – e perguntou, ao se aproximar do garoto: – Oi, Kenji! Makoto também veio?

– Acho que ele não vem – respondeu, franzindo o cenho para se lembrar da garota. – Ou talvez mais tarde. Ele tava muito desanimado hoje. Vim com meus amigos.

Kenji, Danilo, Vinícius e Robson. Letícia conhecia a fama daquele grupinho do 6º ano que, volta e meia, aprontava alguma no colégio.

– Não inventa de querer me apresentar alguém, não, viu? – pediu Clara baixinho, puxando a amiga de lado.

– Deixa de reclamar! E você vai gostar de Makoto. Ele curte anime, essas coisas. E vive desenhando no caderno personagem com olhão. Acho até que quer fazer histórias em quadrinhos, mangá...

De repente, Letícia sentiu um mal-estar. Um desconforto no peito, acompanhado de dificuldade para respirar e náuseas.

– Você não gosta de gatos? – Clara perguntou à amiga sem perceber o que ocorria. – Vai começar uma sessão de animes com os primeiros episódios de *Sailor Moon*! A gatinha dela tem o mesmo nome da sua...

Clara seguiu falando, porém Letícia não prestava mais atenção. Apenas acompanhava a outra num ritmo mais lento, suando por todos os poros.

Atravessaram o pavilhão em direção aos auditórios e a garota sentou na primeira cadeira livre que viu. E, contrariando suas expectativas, em vez de melhorar, Letícia sentiu uma dor lancinante cortando o peito e o braço esquerdo como se uma espada a trespassasse.

– Clara... Me ajuda...

É DIFÍCIL SE LEVANTAR TODOS OS DIAS

Makoto acordou.

O quarto e a casa no mais completo silêncio. Cerrou os olhos. E, quando voltou a abri-los, não sabia se havia piscado ou se dormira mais um pouco. Nem por quanto tempo.

Fazendo o mínimo de movimento possível, esticou o braço esquerdo e procurou o celular no chão. Ergueu-o até a altura dos olhos. Eram 14h10. Destravou-o. Muitas mensagens. Desistiu de ler e ia largar o aparelho se a mãe não tivesse invadido o quarto.

– Você não vai se levantar hoje?

– Tô com preguiça... – E Makoto se virou na cama, puxando o lençol até cobrir a cabeça.

– E o Japan Friends? Kenji já tá lá.

– Não tô muito animado... – Na realidade, Makoto nem saberia explicar o motivo. Aliás, o vazio que sentia.

– Antes, era aquele aperreio para eu levar você e passar o dia inteiro. Agora que pode ir só, diz que tá com preguiça. Sinceramente, não entendo...

O garoto não disse nada. Ela continuou:

– Tá tudo bem *mesmo*, filho?

Num átimo, Makoto se sentou na cama.

– Tô ótimo! – respondeu, mas sem coragem de encarar a mãe. Tinha medo de que ela lesse a verdade em seus olhos.

– Então, levanta! Já passou da hora de sair dessa cama. Ainda tem mesada?

Ele confirmou.

– Vou no apartamento da sua tia. Se ela não for buscar vocês, eu vou.

– Tá.

Assim que a mãe saiu do quarto, Makoto se deitou de novo. Apesar de estar de férias, não tinha vontade alguma. Para nada. Bateria 100% descarregada.

Se pudesse, ele ficaria o dia inteiro ali deitado, dormindo. Mas escutou a mãe no outro quarto e soltou um suspiro. Com muito esforço, se levantou.

Abriu a porta do guarda-roupa e se olhou no espelho.

Cabelo desarrumado e a marca do travesseiro na bochecha direita. Já se acostumara a ir desalinhado para os cantos. Trocou só a camisa, pondo uma com a estampa dos irmãos Elric, de *Fullmetal Alchemist*.

Makoto cogitou escovar os dentes. Mas desistiu. Calçou os tênis e desceu no elevador, chamando um carro pelo aplicativo do celular.

Enquanto esperava na portaria, leu as mensagens de Letícia, procurando por ele. E viu a foto. Ampliou a *selfie*.

Clara era mesmo muito bonita. E se fosse tão legal quanto?

"Quem sabe?", pensou. E respondeu:

> Tô a caminho.

Meia hora depois, desceu do carro no Centro de Convenções no exato instante em que uma ambulância deixava o local com a sirene ligada. Franziu a testa e seguiu até a entrada.

Ao passar pela catraca, pegou o celular. Letícia ainda não respondera. Estranhou. Ligou para o primo.

– Onde você tá? – perguntou Kenji ao atender.

– Na entrada – respondeu Makoto.

– Me espera aí! – e desligou.

Makoto pensava que demoraria para encontrar o primo, porém ocorreu o contrário. Pouco depois, Kenji, Danilo, Robson e Vinícius surgiram correndo com suas inconfundíveis bandanas de Naruto.

– Makoto! Você viu?

– O quê?

– Uma ambulância?

– Sim, sim. Por quê?

– Letícia! Da sua turma! Foi socorrida!

Naquele momento, o garoto se arrependeu de não ter respondido às mensagens que ela enviara para ele ao longo do dia.

ÀS VEZES, O CORAÇÃO PARA DE BATER

Foi tudo muito rápido. E, ao mesmo tempo, pareceu bem devagar. A dor, o pedido de socorro, a ambulância.

Um dia depois, no hospital, já na enfermaria, e diante da mãe ainda com os olhos vermelhos, Letícia tentava entender o que tinha acontecido.

A cortina do leito foi puxada e entrou mais uma vez o médico de óculos, cabelo grisalho, com a típica vestimenta verde em tom pastel e jaleco. Era a segunda vez que ele vinha verificar o estado da adolescente desde que ela fora internada.

– Bom dia! – cumprimentou. – Como está essa moça?

– Bem... – respondeu Letícia. – Eu acho.

– Nada de achismo. Vamos ter certeza. Sentindo algo?

– Cansaço... E um pouco de incômodo ainda.

A garota se lembrou da dor lancinante que sentira no dia anterior. Nunca sentira nada igual àquilo.

– Doutor Samuel... – começou Cecília, a mãe da garota. – Ela teve mesmo... – e apontou para o próprio peito.

Letícia percebeu que a mãe evitava falar a palavra. Talvez tivesse receio de que, se dissesse, o coração da filha repetiria o susto.

– Não foi infarto, dona Cecília. Foi um quase infarto. Algo que chamamos de angina – esclareceu o médico. – Problemas cardíacos não são tão comuns nessa idade, mas também acontecem. Agora o pior já passou. Essa moça vai ficar bem. O coração já está funcionando normalmente de novo e vamos manter assim. É claro que ela ainda precisa fazer uma bateria de exames, procurar uma nutricionista, praticar alguma atividade física... Enfim, mudar a rotina. Mas isso tudo depois que receber alta, com calma.

– Mas, doutor – interrompeu a garota. – Esse negócio que eu tive não é doença de velho?

O médico riu antes de responder:

– Nem sempre. Às vezes, um problema do coração pode ser congênito, ou seja, já nasceu com a pessoa. Mas, volta e meia, pode também se desenvolver na infância e até mesmo na adolescência. Ainda faremos alguns exames para ter certeza do que causou, mas já sabemos que o seu colesterol está muito alto e que você tem histórico de doenças do tipo na família.

– Minha mãe tinha problemas cardíacos – comentou Cecília.

– Por isso que esta mocinha, apesar de não estar acima do peso, vai ter que rever essa vida sedentária e regada a coxinha, refrigerante e doces que tinha, como a senhora me contou ontem.

– Vou me cuidar, doutor. Pode deixar. Aprendi a lição.

– E ficarei de olho – disse a mãe de Letícia. – A gente trabalha tanto que se esquece até dos próprios filhos. Vou me policiar mais.

A garota achou injusto o comentário da mãe. Ela sempre estava presente. Porém, o pai... Esse sim andava em falta.

– Fique tranquila, dona Cecília – reforçou o médico. – Ela ainda vai dar muito trabalho para a senhora com os namoradinhos.

Letícia se perguntou se o médico imaginava mesmo que uma brincadeira sobre a existência de "namoradinhos" poderia aliviar a tensão da mãe.

– Minha filha não tem namorado ainda, doutor – disse Cecília, esboçando um sorriso.

– Mas tem um garotão aí perguntando por ela na recepção.

Ao olhar intrigado que a mãe lhe lançou, a filha respondeu com o clássico movimento de arquear os ombros e mostrar as palmas das mãos.

04 VISITAS INESPERADAS TAMBÉM ENVIAM MENSAGENS

– Makoto?

O garoto sorriu sem graça enquanto fechava a cortina do leito da colega de sala. Ele achou a enfermaria ainda mais fria que a recepção.

– Oi – ele disse e acrescentou: – Como você tá?

– Agora tô melhor – ela respondeu.

Makoto arregalou os olhos. A frase soou ambígua. Também parecendo notar, Letícia consertou:

– Quer dizer, o pior já passou. Foi tudo tão rápido. Não consigo compreender direito o que aconteceu. E ainda tô com medo desse meu amigo aqui – e deu dois toques de leve na altura do coração. Depois, sorriu: – Mas tô tão feliz por continuar viva! Você não faz ideia!

Observando os olhos úmidos da amiga, Makoto sorriu sem graça e desviou a vista. Analisou o soro pendurado, enquanto caçava palavras para falar. Apesar do susto, Makoto teve a impressão de que ela se sentia mais viva que ele.

– Me desculpa por não ter respondido ontem...

No dia anterior, assim que chegou ao Japan Friends e soube pelo primo Kenji que Letícia fora socorrida, Makoto se arrependeu e se desesperou, arrependido por não ter respondido às mensagens dela ao longo do dia, e desesperado para fazer alguma coisa, qualquer que fosse. Até ligou para ela, mas deu fora de área ou desligado. Lembrou-se então de Clara.

Por meio dos grupos do colégio em que participava, descobriu o número de Clara e que Letícia tinha dado entrada no hospital.

Sem qualquer clima para continuar no evento, o garoto ligou para a mãe, que veio buscá-lo. Percebendo que o filho estava muito inquieto, ela sugeriu que fossem ao hospital na manhã seguinte, quando as coisas estariam mais calmas, para que Makoto pudesse ver Letícia. E foi lá, na recepção, que ele encontrou Clara.

– Clara é legal... – disse Makoto depois de alguns segundos.

– Nossa! O primeiro encontro de vocês foi mais inesquecível do que eu tinha planejado – sorriu Letícia.

Porém, o garoto achou o sorriso dela meio diferente dessa vez. Distinto do primeiro, quando ela dissera que estava feliz por estar viva.

– Ah, fiquei sabendo do seu celular – ele mudou de assunto. – Clara me contou.

– Taí! Outra coisa que não tô acreditando que aconteceu comigo.

– Você chegou a ver quem foi?

– Não faço nem ideia. Aconteceu muita coisa ao mesmo tempo. Quando desabei de dor no chão, o celular caiu e, enquanto algumas pessoas vieram me ajudar, alguém pegou o meu aparelho e correu.

Makoto se perguntava como alguém poderia se aproveitar de uma situação como aquela para furtar um celular.

– Como tem gente oportunista neste mundo!

– Mas tem muita gente legal também, como o pessoal que me socorreu na hora em que passei mal ou como você, que tá aqui agora – disse Letícia, deixando o rapaz ainda mais sem graça.

Ele não concordava com o elogio. Havia ignorado as mensagens dela durante toda a manhã e se não fosse pela insistência da mãe, talvez nem tivesse ido ao Japan Friends nem ao hospital.

– Não sou um cara tão legal assim.

– É sim! – rebateu Letícia de imediato. – Muito obrigada por ter vindo!

– Eh... Acho melhor eu ir – ele disse, encabulado. – Você precisa descansar.

– Não, não! Fica mais um pouco, por favor!

Makoto se surpreendeu com a ênfase do pedido. Não fazia ideia de que Letícia fizesse tanta questão da sua presença ali. Ela prosseguiu:

– Me conta tudo! O que achou de Clara?

 ## 05 UMA LUA NO CÉU, OUTRA NA SALA

– Lua!

Assim que chegou em casa, a primeira coisa que Letícia fez foi chamar pela gata de estimação. A pequena felina, que caminhava sobre o espaldar do sofá, parou estática, como se a dona tivesse atrapalhado algum plano. A garota pegou a gata e abraçou-a, apertou-a, beijou-a.

– Mas olha só! – riu a mãe da garota. – Para uma gata que não gosta de abraços, até que ela está se comportando bem.

– Você sentiu minha falta, não foi, meu bebê? – perguntou Letícia, ninando Lua, como se fosse um recém-nascido.

– Vou tomar um banho, filha. Ainda estou tensa com tudo o que aconteceu desde sábado.

– Fica tranquila, mãe! Tá tudo bem agora.

Com os olhos marejados, ela beijou a testa da filha, que repetiu o carinho.

Era quarta-feira. Letícia nunca se imaginara passando tanto tempo num hospital. Os livros que a mãe levara, o celular novo que ganhara do pai e a internet rápida do andar onde ficou evitaram que ela se sentisse sozinha, isolada do mundo. Mas ela não era a mesma. Parecia mais atenta, mais viva.

Nos braços de Letícia, Lua miou, cerrando os olhos, como se também pedisse carinho. A garota suspirou assim que a mãe entrou no banheiro, soltando as lágrimas que represara. E elas desceram enquanto Letícia, fazendo cafuné na gatinha, pensava que quase nunca mais a veria.

A felina foi ficando mole com os afagos, dengosa como ela só. E Letícia se lembrou de quando a salvou, há dois anos.

Naquele dia, voltando do Colégio João Cabral de Melo Neto pela calçada, a garota ouviu uma freada.

Letícia se virou rapidamente e viu dois carros parados, além de um gatinho magrelo e cinzento parado no meio da rua. O homem que estava no segundo veículo gritou furioso:

– Você não sabe dirigir!?

A mulher que estava no primeiro balançou a cabeça e, sem responder, aguardou o gatinho seguir adiante para poder pôr o carro em marcha. O homem também pôs o veículo em movimento. Como os vidros estavam abaixados, a garota observou que ele digitava no celular. A garota entendeu na hora quem não dirigia direito e que, por isso, ele não tinha visto o carro da frente parando.

Na calçada, são e salvo, o gatinho observava Letícia. Pequeno, magrelo, pelos eriçados. E sobrevivente. Ela nem queria pensar no que teria acontecido se a ordem dos motoristas fosse diferente.

Pegou o filhote e só então descobriu que era uma fêmea. Levou-a para a casa. Os pais, que naquela época ainda moravam juntos, depois de ouvirem a história do resgate, não fizeram oposição à adoção da gatinha. Fazia algum tempo que eles pensavam em ter um animal de estimação.

À noite, na janela do quarto, Letícia reparou que a gatinha em seus braços não parava de olhar para o alto. A lua cheia, imensa, dominando o céu.

– Gosta da Lua? – Letícia ainda não tinha decidido o nome. E teve a inspiração que precisava. – Lua! É um bom nome, concorda?

Depois desse dia, a garota pensava que o perigo morava sempre do lado de fora. Agora, após o susto que seu jovem coração dera, ela concluiu também que o perigo podia morar dentro da gente.

"Mas, ah, como é bom sobreviver!"

E uma gotícula escorreu pela face de uma nova Letícia, diferente como uma mudança de fase da Lua.

06 UNS PREFEREM OS DESENHOS, OUTROS AS PALAVRAS

– Ela gosta dos seus livros – disse Makoto apontando a gata de Letícia, deitada sobre os exemplares enfileirados na estante do quarto.

– Não sei como ela não derruba tudo – acrescentou Clara ao lado do garoto.

– Os gatos são exímios equilibristas – afirmou Letícia, pegando Lua. – Volta e meia, ela apronta alguma. Mas não com esses livros. Parece que ela sabe que são os meus preferidos.

– Tudo de poesia, né? – quis confirmar Makoto, analisando as lombadas quando foi interrompido.

– Faz carinho nela – sugeriu Clara, puxando a mão dele para acariciar a gata.

Makoto ficou sem jeito. Ele não gostava muito de gatos. Aliás, tivera uma péssima experiência com um deles.

– É fofinha. Toca! – insistiu Clara.

– É... – fez Makoto, alisando a felina por um milésimo de segundo. – Tá na cara. Ou melhor, no focinho – brincou forçadamente e se voltou de novo para os livros.

Lua se mexeu nos braços de Clara, o que permitiu que a gata saltasse para a cama.

– Eu sabia que vocês iriam se dar superbem – comentou Letícia. – Uma fissurada em cultura japonesa e um descendente de japoneses. Melhor dupla não há!

Fingindo que não ouvira, Makoto leu em voz alta:

– José Paulo Paes, Elias José, Roseana Murray, Lenice Gomes, Manuel Bandeira, Cecília Meireles, Carlos Drummond de Andrade, Vinicius de Moraes... Tá faltando um livro do poeta que dá nome ao nosso colégio.

– O de João Cabral de Melo Neto. Tá com meu pai. Ele pediu pra reler – explicou Letícia.

– Só tem brasileiro? – perguntou o garoto. – Tem que ter um japonês – riu Makoto.

– E eu sei ler em japonês?

– Procura Paulo Leminski. Na verdade, ele é descendente de polonês. Mas faz uns haicais incríveis. São poeminhas de três versos de origem japonesa.

– Não sabia que você também gostava de poesia – disse Clara, voltando à conversa que, por alguns segundos, ficara somente entre ele e Letícia.

– Um pouco. Leminski eu conheço porque minha mãe é fã. Mas prefiro quadrinhos. Ou melhor, mangá.

– Você já viu os desenhos dele? – perguntou Letícia. – Makoto arrebenta! Lua! Sai daí! Já!

O garoto se voltou e viu, dentro da sua mochila, encostada à parede, a gata se aninhando.

– Meus desenhos!

Clara ajudou Letícia a retirar Lua de dentro da mochila do amigo. Makoto examinou o caderno e a pasta.

– Como ela conseguiu abrir? Ainda bem que não fez xixi.

– Lua não é mal-educada – defendeu Letícia.

– Não confio em bichos – sentenciou Makoto.

– Os animais são os nossos melhores amigos – argumentou a garota.

– Só o cachorro. O gato é meio traiçoeiro – ele disse e levantou a camisa para mostrar a barriga.

Havia uma cicatriz próxima ao umbigo.

– Por isso que eu não gosto de gatos. Um já me arranhou feio.

– Crianças... – a mãe de Letícia entrou no quarto e arregalou os olhos ao ver o garoto com a camisa erguida. – O que tá acontecendo aqui?

Makoto sentiu que seu rosto ficava quente e vermelho enquanto Letícia e Clara tentavam explicar.

07 PALAVRAS NA CABEÇA, SENTIMENTOS NO PAPEL, E VICE-VERSA

– Melhoras, Lê – desejou Clara.

– Obrigada – respondeu a amiga.

– O que você vai fazer neste restinho de férias? – perguntou Makoto.

– *Oxe!* Um monte de coisa – riu Letícia. – Minha agenda tá lotada! Médicos, exames e mais médicos.

– Que programação! – Clara riu também.

– Ainda tem nutricionista. E preciso escolher alguma atividade física. Vou ser *fitness* agora – brincou.

– Já sabe o que vai fazer? – inquiriu o garoto.

– Talvez natação – respondeu Letícia. – Júlia, que é do Clube do Livro, me passou o contato do pai dela.

– É uma boa – ele concordou.

– E o que você vai fazer, Makoto? – agora foi a vez de Letícia perguntar.

– Viajo amanhã cedo pra Natal. Minha avó mora lá.

– Praia, sol, dunas, vai se divertir mais que a gente – comentou Clara.

– Mais ou menos.

O tom de voz do amigo intrigou Letícia.

– Por quê? – ela quis saber.

– É a primeira vez que vou lá depois que meu avô morreu.

– Nossa! – exclamou Clara. – Nem sei o que falar...

– Meus sentimentos – disse Letícia. – Mas se anima. Sua avó vai gostar de ver você.

– Hum-hum...

– E o Dia dos Avós é amanhã, né? – relembrou Clara.

– É mesmo? – ele quis confirmar.

– Sim, sim – respondeu Letícia. – Vinte e seis de julho.

– Vamos? – chamou Clara. – Daqui a pouco minha mãe vai me ligar perguntando se eu não tenho casa.

– Vamos – concordou o garoto.

Letícia acompanhou os dois até o portão. Observando-os sumindo na rua, ela sentiu uma tristeza, uma solidão. Ah, como queria uma companhia também.

Se bem que Makoto e Clara ainda não eram bem um casal de namorados... Letícia balançou a cabeça para afugentar os pensamentos.

Entrou no quarto e procurou o caderno que usava para escrever poemas. Lua pulou para a cama e se aninhou ao lado da dona. Letícia fez um carinho na gata e, depois de apontar um lápis, escreveu:

Não existe inveja boa.
Isso é tudo mentira.
Ou se inveja,
Ou se admira.

Não se deseja a alegria do outro.
Porque ela não se repete.
Ou se inveja,
Ou se admira.

Mas se quer algo igual,
talvez queira tal qual.
Então, se é inveja,
Não se admira.

Letícia teve vontade de rasgar a folha e atirar os versos fora. Não aceitava que pudesse nutrir tal sentimento. Porém, antes de tudo, ela continuava humana, contraditória, viva.

COMO SE FOSSE ESTRANGEIRO NA PRÓPRIA TERRA

Ao abrir a porta do apartamento, Makoto deu de cara com Kenji no sofá, jogando *video game*.

– Primo, bora jogar?

Tudo o que Makoto mais queria era se enfurnar no quarto. Nem ler, nem assistir tevê, nem desenhar. Nada. Só deitar e, no máximo, olhar aleatoriamente as redes sociais. A vontade de interagir virtualmente ou presencialmente era zero. Subzero. Já bastava Clara a tarde toda puxando assunto. Não que ela não fosse legal. Cada vez mais o garoto tinha certeza de que o problema era com ele. Talvez não fosse tão interessante. Ou até mesmo importante.

– Aqui, Kenji, sua vitamina.

– Muito obrigado, tia Akemi!

– Kenji vai com a gente visitar sua avó – anunciou a mãe de Makoto.

– E dessa vez a gente vai no aquário e passear nas dunas! – complementou o menino, vibrando.

Makoto quis dar meia-volta e ir embora. Não estava nada animado para viajar. Muito menos encarar uma viagem com programação embutida. Sentiu-se sufocado. Mesmo assim, forçou um sorriso:

– Boa! Vai ser massa!

Ia se sentar no sofá quando o primo gritou:

– Meu mangá!

– Foi mal – ele disse, pegando o exemplar do assento.

O título era *O Segredo do Samurai*.

– Você ainda tá lendo, primo? – perguntou Kenji.

– Parei no volume dois. Nem comprei mais.

– Sério? Impossível, né? Logo quando a história ficava cada vez melhor?

– Tava com muito trabalho na escola – mentiu Makoto.

Na realidade, ele até estava gostando da história, mas, depois do falecimento do avô, andava muito desanimado para fazer qualquer coisa. As férias, antes tão esperadas para colocar os mangás e os animes em dia, pela primeira vez pareciam não fazer tanto sentido.

– *O Segredo do Samurai* é o melhor mangá do século! – exclamou Kenji, atrapalhando os pensamentos do garoto.

– Então, preciso comprar os outros volumes.

– Não precisa. Eu empresto. Tô com os outros na mala. Emprestei pro Danilo, meu amigo. Quase que ele não devolvia, mas devolveu.

– E onde tá sua mala?

– No seu quarto, ué!

Sem empolgação alguma, Makoto foi para o quarto e encontrou os rastros da Invasão Kenji.

Não tinha outro jeito. Teria que aguentar o primo no próximo final de semana inteirinho.

Jogou-se na cama e destravou o celular. Havia uma mensagem de Clara:

> Boa viagem amanhã
> Meu Japinha

Makoto não respondeu.

Viajar. Amanhã. Casa da avó. Sem o avô. Mas com a lembrança da decepção. Do desgosto.

Colocou o aparelho sobre um dos chinelos no chão e se deitou na cama.

"O que tá acontecendo comigo? Eu não era assim..."

E desenhou com lágrimas confissões no travesseiro.

09 QUANTA POESIA CABE EM TRÊS LINHAS?

No sábado de manhã, Letícia acordou com o silêncio da casa. Quando o pai ainda morava com ela e a mãe, ele sempre despertava as duas com o seu levantar barulhento.

A garota esticou o braço e tateou pela superfície da mesinha de cabeceira até achar o celular.

Eram seis e meia.

– Ainda?

Deslizou o dedo sobre a tela, desbloqueando o aparelho. Ao rolar pelos contatos mais recentes, encontrou o de Makoto. A imagem não era uma foto, mas um desenho dele em estilo mangá. E Letícia se recordou da sugestão.

Abriu o navegador e digitou:

> haicai 🔍

E, ao clicar na primeira página, leu:

Forma poética japonesa surgida no século XVI e até hoje bastante popular. A estrutura apresenta três versos de cinco, sete e cinco sílabas poéticas. Os poemas, em geral, fazem referência à natureza ou às estações do ano.

"Um minipoema", concluiu. E decidiu tentar. Então, abrindo o bloco de notas, escreveu:

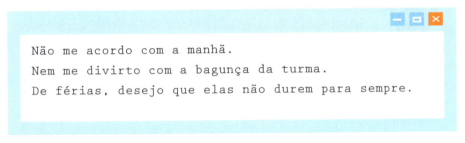

Não me acordo com a manhã.
Nem me divirto com a bagunça da turma.
De férias, desejo que elas não durem para sempre.

Considerou grande. Muita prosa e pouca natureza. Tentou de novo:

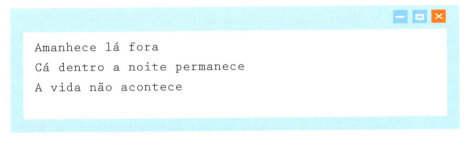

Amanhece lá fora
Cá dentro a noite permanece
A vida não acontece

Leu. Releu. Leu. Releu. E escreveu:

Era um haicai?
Era um poema?
Quem decide o que é poesia?

Era difícil. Mesmo assim, gostou das tentativas. Era quase uma brincadeira. Uma brincadeira de fazer poesia, como no poema de José Paulo Paes que ela leu na escola.

Pensando em poetas, Letícia digitou o nome que Makoto citara. Ou melhor, tentou. Era Paulo o quê mesmo? O próprio buscador indicou o sobrenome: *Leminski*.

E ela leu, leu, leu até que a campainha da casa atrapalhou o seu despertar poético.

Eram oito horas! Os membros do Clube do Livro chegaram pontualmente. E a garota nem tinha tomado café ainda!

10 SAMURAIS GUARDAM FEUDOS E SEGREDOS

– Que silêncio... – disse a mãe de Makoto, se voltando para o banco de trás.

Makoto levantou o rosto do mangá e trocou um olhar cúmplice com Kenji. Estavam concentradíssimos na leitura de *O Segredo do Samurai*. Makoto, no volume três, e Kenji, no sete.

– Tia Akemi, a senhora tem que ler! É muito massa!

– Qual é a história?

– Um samurai com desejo de vingança e que guarda um segredo terrível!

Makoto revirou os olhos diante da empolgação do primo. Qualquer animação lhe parecia excessiva.

– Esse cenário do Japão feudal, dos samurais e *ronins*, protegendo senhores de terras, segredos, ou viajando como errantes, é fantástico! –

comentou o pai de Makoto, André. – Tem muita coisa boa no gênero. *Lobo Solitário*, *Vagabond*, *Samurai X*...

– Esses mangás fazem sucesso há muito tempo – acrescentou Akemi. – É um imaginário incrível mesmo. Papai tinha suas coleções.

– Li esses três que falei por recomendação dele.

Apesar do comentário ter sido corriqueiro, Makoto ficou triste. Ainda sentia muita falta do avô. Viajar para Natal com a certeza de não o encontrar mais era abrir a ferida que não tinha cicatrizado.

Porém, as recordações do garoto foram interrompidas por um movimento brusco do carro.

– Ai! – gritou a mãe.

– Pai! – gritou Makoto.

– Uau! – gritou Kenji. – O que era aquilo? – perguntou logo em seguida.

– Um cachorro – respondeu o pai de Makoto, soltando todo o ar que prendera nos pulmões. – Por pouco não o atropelei.

– Ai, amor! Nem fala isso! Ainda bem que você desviou a tempo.

– Tio André, o senhor agora foi tão ágil quanto um samurai! Só que na direção e não na espada.

Makoto olhou para trás. Pelo vidro traseiro, observou o cachorro solitário que diminuía segundo a segundo. Um animal cada vez mais longe, na margem da pista, e com a vida entregue à própria sorte.

Foi quando Makoto teve a ideia que há muito procurava. Agora já sabia o que aconteceria no primeiro capítulo do seu mangá.

11 QUANDO AS PALAVRAS – E OS AMIGOS – VÊM ATÉ VOCÊ

Ao abrir a porta da casa, os colegas vibraram:
– Letícia! Letícia! Letícia!
Emocionada, a garota recebeu abraços, livros e chocolates.
– Pensamos em dar um susto, mas não pode, né? – perguntou Serginho enquanto todos se dirigiam para a sala.
– É melhor evitar fortes emoções neste meu amigo aqui – respondeu Letícia, tocando de leve o lado esquerdo do peito.
A turma riu.
– Acho que foi por isso que Alan comprou chocolate e não um livro – continuou o gaiato do Clube do Livro. – Ele só entende de histórias de terror.
– Fica quieto, Serginho – pediu o amigo que era fã de Edgar Allan Poe.
Espalharam-se pelo sofá, pelas cadeiras e pelo tapete: Clara, Júlia, Gustavo, Gabriela, Alan, Serginho, Bia, Marcela e Bernardo.
Depois de Letícia repetir pela enésima vez a história de como tudo aconteceu, Gabriela, a caçula do grupo, comentou:
– Nossa! Que história! Isso aqui tá praticamente um Clube do Livro.
– Clube do Livro em Casa – disse Júlia. – Só falta a professora Lila pra completar.
– Lila e as frases de efeito dela – brincou Gustavo.
– Na realidade, ela falou comigo faz dois dias. E ligação internacional! Ela tá passando as férias em Portugal – Letícia fez questão de frisar.
– Muito chique nossa *teacher*! – brincou Clara.
– Achei o perfil dela e tô acompanhando todas as fotos – disse Marcela. – Ela adora viajar.
– Por isso, ela colocou a gente no semestre passado pra ler *A volta ao mundo em 80 dias* – relembrou Bia.
– Nestas férias minhas únicas viagens serão literárias mesmo – disse Bernardo, o leitor mais voraz da turma.
– Mas, Letícia, posso fazer uma pergunta? – questionou Alan, interrompendo os colegas e criando um clima de mistério.
Todos se voltaram para ele.

– Pode – ela respondeu ao mesmo tempo curiosa e intrigada.

– Como é saber que quase morreu?

– Credo! – reclamou Gabriela.

– Só Alan pra fazer uma pergunta dessas – disse Serginho.

Letícia sorriu e os olhos se encheram imediatamente de lágrimas.

– Tô tão feliz! Continuar com vocês, com meus livros, com meus pais... – E a liberdade da emoção roubou a voz da jovem poetisa, que recebeu um abraço coletivo dos amigos.

12 A ESPADA NA PAREDE REABRE A FERIDA DO CORAÇÃO

O pai de Makoto diminuiu a velocidade, deu duas buzinadas e parou.

Estavam diante da casa de vó Lúcia. E o garoto sentiu um aperto no peito. Era a primeira vez que voltava lá depois da morte do avô Akira.

Makoto não conseguia afastar a impressão de vazio interior. Vazio igual ao que esperava encontrar na casa. Era como se os dois compartilhassem a mesma sensação.

Quis chorar. Mas não tinha privacidade para isso. As pessoas ao seu redor perguntariam o que havia de errado. E ele só teria forças para responder com uma única palavra. Tudo.

O portão correu para a direita, revelando uma senhora de cabelos bem curtos. Ela abriu um sorriso e veio ao encontro de todos. Atrás dela, a outra tia de Makoto, Sakura. Eram três as filhas de vó Lúcia: Akemi, Sakura e Yumi, a mãe de Kenji.

Ao abraçar a vó Lúcia, Makoto piscou bastante os olhos para não chorar.

– Que saudade eu estava de você – ela disse.

– Como Makoto tá bonito – disse a tia, fazendo um carinho na cabeça do sobrinho.

Ele sorriu. Triste. A tia retribuiu o sorriso acrescentando um olhar de compreensão. Makoto sorriu de novo, dessa vez, menos triste. Embora, no fundo, achasse que sequer merecia o olhar compreensivo dela.

Entraram na casa. A sala era uma mistura de elementos orientais e nordestinos. Os bisavós de Makoto, por parte de mãe, chegaram ao Brasil fugindo dos horrores da Segunda Guerra Mundial. Diferentemente da maioria, que seguiu para o sul do país, eles imigraram para o Rio Grande do Norte.

Lá mantiveram as tradições e as lembranças do país de origem. Por isso, vários elementos da cultura japonesa decoravam a sala. Contudo, a nova vida no Nordeste trouxe o calor e as cores da acolhedora terra. Curiosamente, Natal, onde se instalaram, é também chamada de Cidade do Sol. E foi nela que o sol renasceu para aqueles imigrantes.

– *Tsurus*! – Kenji gritou ao ver, junto à poltrona, um cesto de pássaros coloridos.

E pegou um, jogou para o alto, como se pudesse fazê-lo voar.

– Cuidado com os meus passarinhos – pediu vó Lúcia. – Mas venham jantar primeiro. Sakura me ajudou hoje. Ela também estava ansiosa pela chegada de vocês, pois tem uma novidade para contar.

Makoto não se interessou pela novidade, nem pelo jantar. A família agia com muita leveza. Comportamento que ele achava desrespeitoso para com a memória do avô. Mesmo assim, a contragosto, acompanhou a família à cozinha.

No corredor, o garoto estancou. E reteve a respiração. Na parede, a *katana*, a famosa arma japonesa dos samurais.

O objeto de decoração era o preferido de vô Akira. A lembrança veio à tona. E a culpa. Ele sabia que dentro da bainha a espada ainda sorria. A saudade quis se transformar em lágrimas. E, mais uma vez, teve que segurar a onda que desejava lavar seu rosto, como se fosse uma praia deserta. Nem o direito de chorar para secar as dores ele acreditava que tinha.

– Vem, filho – chamou a mãe.

A mesa farta incomodou. Parecia uma festa. Makoto tinha certeza de que o momento não era propício para isso. E também não se sentia digno dela. Para o garoto, ele não merecia nada.

– Eu já sei qual a novidade de Sassá – disse Akemi, sentando-se à mesa.

– E qual é, tia Akemi? – perguntou Kenji, curioso como sempre.

– Ela tá grávida!

– Chata! – reclamou tia Sakura. – Só porque um tempo atrás contei pra você que tava tentando engravidar...

Todos à mesa riram. Menos Makoto. Enquanto os outros pensavam em alegria, ele pensava em luto. O celular chamou.

Ele tirou do bolso para atender. Era Clara. Recusou a ligação.

Ao abrir o aplicativo de mensagens, viu a pergunta que ela enviara:

> **Já chegou?**
> **Dá notícias, por favor.**

Ele respondeu.

> **Já**
> **Vou jantar**
> **Falo daqui a pouco**

> **Certo**
> **Bjo**

Makoto hesitou em responder. Mas repetiu:

> **Bjo**

 **CARPE NOCTEM**

Da janela da sala, Letícia olhava para a Lua. Cheia, enorme lá no céu.

O cômodo estava silencioso. Já fazia tempo que os amigos tinham ido embora, logo depois do almoço. E agora, após o jantar, a mãe trabalhava no escritório.

– É, Lua... Eis a casa das três mulheres.

A gata miou.

– Tá bom, tá bom... Eis a casa da gata e das suas duas criadas.

A felina bocejou como se dissesse que agora estava melhor. E continuou aninhada no seu cantinho do sofá.

Letícia pôs a mão sobre o peito e respirou fundo. Tudo normal.

– É isso aí, amiguinho – e ela deu umas batidas de leve no peito. – Comporte-se direito, viu?

Letícia ainda tinha medo. Medo de que pudesse sentir aquilo tudo de novo. Mas, estranhamente, nunca se sentira tão viva. E até mais feliz. Essa contradição, medo e vontade de viver, tomava conta dela.

O coração dera um baita susto, que ela interpretou como um conselho. E murmurou para a Lua:

– *Carpe diem*! Aproveite o dia! – Depois acrescentou: – E a noite!

Em seguida, pegou o celular para fotografar o satélite natural da Terra. A foto não saiu nada boa. Ainda não tinham inventado um aparelho que tirasse uma fotografia bacana da Lua. Ou se inventaram, o preço é que ainda não era tão bacana assim.

Tec!

Letícia se voltou. A gata tinha derrubado o controle remoto da tevê. E o cutucava com a pata.

– Lua, para com isso! Você vai quebrar.

A tevê ligou e a gata saltou para o sofá. Letícia balançou a cabeça como se não acreditasse. Suspirou:

– Cada um tem a lua que merece!

 ## TODO MUNDO TEM UMA TEORIA

O sábado amanheceu ensolarado em Natal. E Kenji acordou Makoto.

– Me deixa dormir – o garoto se virou de lado.

– Nada disso – Kenji abriu um dos olhos do primo. – Você não quer ir no aquário?

– A gente não ia amanhã?

– Tio André mudou de ideia. Vamos agora pela manhã para o aquário e depois para as dunas. Almoçamos no caminho entre um e outro.

– Tá bom – Makoto se sentou. – Vai tomar café que vou levantar.

– Já comi. E tá todo mundo tomando café agora. Só falta você.

– E eu tô com zero fome – confessou Makoto. O apetite do garoto só diminuía. – Avisa que vou só escovar os dentes.

– E é bom mesmo porque você não escovou antes de dormir que eu vi.

– Fica quieto senão vou tomar banho pra demorar bem mais.

– Tchau – e Kenji saiu do quarto.

Makoto soltou um suspiro pesado e se obrigou a levantar da cama. Tudo parecia igualmente pesado, como uma obrigação. Até erguer a cabeça para olhar para os outros estava se tornando difícil.

Por isso, que todos se contentassem com uma simples escovada nos dentes e uma troca de roupa. Dessa vez, pegou a primeira camisa que achou na mochila, a do Seiya, de *Os Cavaleiros do Zodíaco*.

Na mesa do café, Makoto se aproveitou da pressa e da correria de todos para comer pouco. Como dissera para Kenji, não estava com fome. Aliás, era como se a vontade de comer estivesse indo embora.

No caminho, uma ponte alta despertou a atenção do garoto, que seguia submerso em pensamentos e alheio à língua solta de Kenji, que matraqueava no carro. A ponte era um dos cartões-postais de Natal. Makoto tinha até se esquecido dela.

– Essa ponte é enorme, né, vó? – comentou Kenji.

Makoto revirou os olhos como se a constatação e o comentário fossem bem óbvios.

– Sim. E sem querer sua beleza se tornou um problema – disse vó Lúcia, olhando para os netos.

– Como assim? – perguntou Makoto, intrigado.

– Quando a gente atravessar a ponte, vocês verão um grupo de voluntários. Eles estão se revezando para vigiá-la dia e noite.

– Vigiar? – repetiu Kenji.

– Pois é. Infelizmente, algumas pessoas estavam... Não gosto nem de falar nisso!

O carro começou a travessia. Realmente a ponte era muito alta. A vista, apesar do fato triste relatado pela avó, era, ainda assim, deslumbrante.

"A vida é cheia de contrastes", pensou Makoto.

– Voluntários, alguns religiosos e outros não, estão evitando qualquer tentativa... dando assistência a quem precisa. E é por isso que tenho uma teoria, meus netos.

– Qual teoria, vó? – quis saber Kenji.

– No meio do desespero, sempre há alguém para renovar as nossas esperanças.

A frase tocou fundo no coração de Makoto.

Ele pegou o celular para tirar uma foto. Após uns cliques, abriu o aplicativo de mensagens para mandar para Clara. Não podia se esquecer de fazer isso, ela pediu. E uma mensagem estava à sua espera. Mas de Letícia.

> Como tá por aí?
> Recife tá alagando
> Tô ilhada. #Raincife

> Aqui tá sol

Ele respondeu e mandou a foto. E ele parodiou a teoria da avó:

– No meio da chuva, sempre há alguém para mostrar o sol.

LEMBRANÇA TÃO CHUVOSA QUANTO UMA TEMPESTADE

Diferentemente de Natal, o sábado amanheceu chuvoso em Recife. E muito!

Gotas caíam do céu e também dos olhos de Letícia. Ela sonhara com a separação dos pais, ocorrida no início do ano, mas tão vívida na memória como se fosse ontem...

– Você já acordou, filha?

Foi a pergunta do pai. As pupilas da garota se dilataram, expulsando qualquer vestígio de sono. Embora acordada, Letícia se sentia presa em um pesadelo. Um pesadelo com o pai de mochila nas costas, apertando a alça da mala de rodinhas.

– A gente queria que fosse diferente... – ele continuou, se aproximando. – Mas vou estar sempre por perto. Aliás, vou morar a duas ruas daqui, aluguei um apartamento mobiliado, pode dormir lá quando quiser.

Letícia teve vontade de sorrir do nervosismo do pai. Ele estava falando muito e muito rápido, tentando inutilmente esconder o desconforto que a situação causava. Mas a cena, que em outro momento até seria engraçada, produzia uma bola na garganta da garota. Ou uma lua que de repente se tornava cheia sem se preocupar com o tamanho do céu onde agora habitava.

– Eu já sabia – ela disse.

O pai abriu a boca para falar, mas desistiu. Letícia se levantou da cama e abraçou-o. O coração do pai batia mais acelerado que o dela.

– Era isso que mãe queria contar ontem pra mim, né?

– Pedi que ela contasse primeiro...

– Percebi que ela tava escondendo algo.

– Mas ela pediu que eu falasse. Então... Me desculpa, filha.

Nesse instante, Letícia apertou o abraço e começou a chorar. O pai acariciou os cabelos da garota. Ele não disse mais nada. Ela também não, porque sabia que não tinha mais jeito.

Enquanto desenhava seu rosto com lágrimas na camisa do pai, Letícia se lembrava de quando era pequena e, ao invadir o quarto dos pais, achava engraçado eles dormirem de mãos dadas. Então, ela subia na cama devagarinho e sentava sobre o singelo enlace, gritando:

– Vou fazer cocô!

Esquecera-se disso até outro dia, quando foi chamá-los após um cochilo depois do almoço e eles estavam deitados, mas de costas um para o outro. E bem nas laterais da cama.

Aquela imagem reavivou uma série de sinais na cabeça da garota. Naquele dia, chorou escondido pela separação dos pais que, embora ainda não anunciada, já tinha acontecido.

O celular chamando despertou Letícia das suas divagações. Era o pai, que combinara de buscá-la para passar o dia juntos.

– Filha, vou atrasar! Recife tá se acabando de água!!!

NEM TUDO É O QUE PARECE

Às nove da manhã, Makoto chegou ao aquário. E, diferentemente do que ele e Kenji imaginavam, além de seres aquáticos, havia animais terrestres e aves.

– Parece mais um zoológico que um aquário – observou Makoto.

– É massa mesmo assim – elogiou o primo enquanto andavam pelos corredores, observando as espécies ao redor.

Kenji tirava inúmeras fotos de cada animal que encontrava. Vó Lúcia comentou:

– Hoje em dia o pessoal tira um monte de foto e depois não vejo nenhuma. Ou só na internet. Depois o computador dá problema e se perde tudo.

– É só salvar direto na nuvem, vó – asseverou Kenji.

– Na nuvem? As únicas nuvens que eu conheço nem guardam água direito, quanto mais a nossa memória.

– Dona Lúcia, a senhora se lembra dos filmes das máquinas fotográficas? – perguntou o pai de Makoto. – A gente tinha que rebobinar antes de levar pra revelar.

– Rebobinar? Que língua é essa que vocês tão falando? – brincou Kenji. – Japonês não é, que eu sei.

– A língua dos bem vividos – riu vó Lúcia. – Há quem reclame da velhice, mas, pra mim, ela é uma benção. Tem lá seus momentos tristes, é verdade, mas a gente vai aguentando firme. É a vida!

Makoto concordou com a avó. Depois, pegou o celular. Letícia tinha mandado uma mensagem:

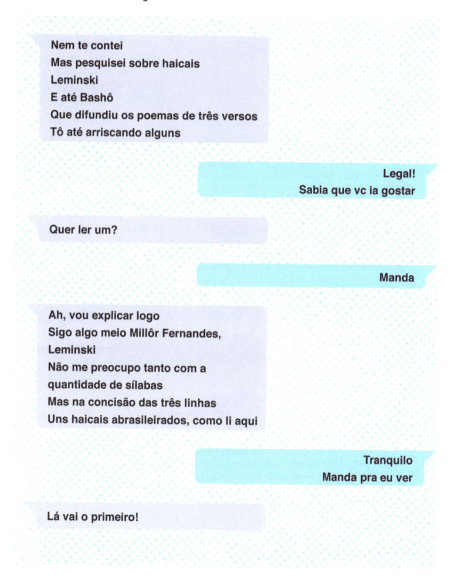

Nem te contei
Mas pesquisei sobre haicais
Leminski
E até Bashô
Que difundiu os poemas de três versos
Tô até arriscando alguns

Legal!
Sabia que vc ia gostar

Quer ler um?

Manda

Ah, vou explicar logo
Sigo algo meio Millôr Fernandes,
Leminski
Não me preocupo tanto com a quantidade de sílabas
Mas na concisão das três linhas
Uns haicais abrasileirados, como li aqui

Tranquilo
Manda pra eu ver

Lá vai o primeiro!

> Tá!

Manhã de sol
Os olhos ardem
Com tanta beleza

> Gostei

Mesmo?
Não vale dizer isso só por amizade

> Mesmo, mesmo
> Sinceridade
> Makoto = Sinceridade
> Entendeu? rsrs

Entendi rsrs
É que ainda tô treinando
Tô meio insegura, sabe?
E sobre as estações do ano
Por mais incrível que pareça
Acho que são os haicais mais difíceis de fazer

> Poesia não é fácil
> E na prática
> A gente só tem duas estações mesmo
> Inverno e verão

É verdade!
Kkkkkkkk

> Mas tem mais?

Tem
Fiz um com tubarão

> E eu tô num aquário
> Kkkkkkkkkkk

Sério?

> Sério
> Mas mostra o haicai

Abrem e fecham
As brânquias do tubarão
Passa o ar ou a vida?

> Muito bom!
> Tem mais?

Este eu fiz hoje
Inspirado na chuva

> Eita!

Tá tudo alagando
Aí fiz um poema
Inspirado numa notícia de jornal

> Mostra

Chuva tão forte
Que nas costas da água
Um poste

> Nossa!
> Mas caiu um poste mesmo?
> Tá tão caótico assim?

— Macacos no aquário! — mostrou Kenji.

E Makoto guardou o celular para se aproximar da jaula. E ficou intrigado com o que viu.

Havia três macacos. Uma fêmea grande, ao redor dela um filhote pulando agitadamente e outro mais afastado, sentado com as pernas unidas, braços envolvendo-as. E um ar triste.

Os três eram da espécie macaco-aranha. Nunca Makoto achara aqueles animais, especialmente o terceiro, tão próximos aos humanos.

O macaquinho encostou o queixo sobre as patas e se deixou ficar assim, com o olhar distante e perdido, náufrago em ilha de tristeza, alheio aos elogios dos visitantes a sua beleza.

Makoto desbloqueou o celular de novo. Tirou uma foto e mandou para Letícia. Logo em seguida, fez um haicai:

Zoo deprê
Macaquinho se sente
Personagem de tevê

Mas a mensagem seguinte que chegou foi de Clara.

> O negócio tá bom aí, né?
> Não manda notícias nem nada…

17 — AS TEMPESTADES TAMBÉM PODEM SER DE PALAVRAS

– O senhor acha mesmo que é uma boa ideia?
– Não é não, né, filha?
No banco do carona, Letícia apontou para o para-brisa:
– Não para de chover, pai. E se tiver uma pedra ou um ferro dentro dessa água? Vai cortar o pneu do carro.
– Essa chuva estragou o nosso passeio – ele disse, procurando na rua alagada uma solução.
– A gente vai pro *shopping* mesmo. É melhor. Já passa do meio-dia mesmo.
– Queria fazer um passeio diferente…
– Mas hoje a chuva não vai deixar – sentenciou a garota.
Se fosse dia de semana, Recife estaria ainda mais complicado. As chuvas ao longo da madrugada foram tantas que várias ruas ficaram intransponíveis. E, nas redes sociais, só fotos e vídeos do caos instaurado.

Entretanto, Letícia compreendia o desespero do pai. Após o baita susto que o coração dela aprontou, ele não queria perder mais nenhum momento com a filha. Como tinha cancelado algumas das visitas semanais nos últimos meses, queria recuperar o tempo perdido. Porém, se arriscar por ruas e avenidas alagadas já era exagero.

Resignado, ele deu ré. E enquanto se organizava para dar a volta, a garota deslizou o dedo sobre a tela do celular, desbloqueando-o.

Foi quando percebeu que Clara enviava uma mensagem atrás da outra:

Clara demorou a responder. E Letícia se angustiou.

Letícia não respondeu. Abriu a conversa de Makoto, que acabava de enviar uma mensagem:

> Fiz burrada
> Mandei mensagem pra Clara
> Mas era pra vc
> Agora ela tá fazendo mil perguntas

Letícia coçou a cabeça. Precisava pensar rápido. Nessas horas, saber escrever ajudava. Digitou para Makoto:

> Pera

E depois para a amiga:

> Se esqueceu que fui eu que inventei de apresentar vcs?
> Sou o Cupido
> Por isso ele perguntou

Em seguida, escreveu para Makoto de novo:

> Diz que acha que tá a fim dela
> E que na volta quer ter a certeza
> Fala pra pegarem um cine juntos

> Tá.
> Mais alguma coisa?

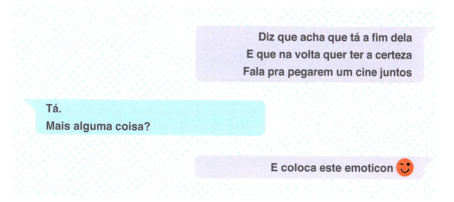

> E coloca este emoticon 😊

Pronto! Problema resolvido. Ou não.

> Valeu!
> Mas agora deixa eu perguntar pra garota certa rsrs
> Será que a gente combina?

Letícia arregalou os olhos. Aquilo é que era ambiguidade. Mas respondeu:

> É claro!
> Vocês têm tudo a ver!

Makoto não respondeu mais. Porém, a pergunta seguiu martelando na cabeça de Letícia. Ela releu a mensagem:

> Será que a gente combina?

"A gente quem? Ele e Clara. Ou ele e eu?"

18 O VOO DO PÁSSARO É GUIADO PELO DESEJO

Em Natal, a única chuva foi de mensagens de Clara no celular de Makoto. Mas, com a ajuda de Letícia, as nuvens se foram e o excesso de água – ou de palavras – secou tão rápido quanto a areia da praia.

Depois do coração acelerado pelas mensagens trocadas, as coisas pareciam retornar ao normal. E todos seguiam agora rumo às dunas.

No caminho, Kenji perguntou:

– Vó, por que a senhora tá fazendo *tsurus*?

– Um pedido.

– Qual?

– Ah, aí não posso contar. Segredo meu – ela riu.

Makoto se lembrou: mil *tsurus* dobrados, um desejo realizado.

– Como é mesmo a história? – quis recordar o adolescente.

– O grou, ou a fêmea grua, é uma ave sagrada no Japão, símbolo de longevidade – a avó contou. – E também de luta contra as armas nucleares. Uma menina chamada Sadako Sasaki morava em Nagasaki, uma das cidades atingidas pelos ataques da Segunda Guerra, como vocês sabem. Ela conseguiu fugir da explosão ao lado da mãe, mas não escapou dos efeitos cruéis da radiação. Aos doze anos, a menina foi diagnosticada com leucemia e lutou pela vida em paralelo a feitura de mil *tsurus*. Infelizmente, não conseguiu dobrar todos os pássaros. Fez novecentos e sessenta e quatro.

– Triste... – comentou Kenji.

– Mas a notícia do esforço da garota tomou o Japão e o mundo. Hoje, quando algumas pessoas querem alcançar um desejo, fazem pacientemente os mil pássaros de papel.

– E qual o desejo da senhora mesmo? – agora foi a vez de Akemi perguntar, observando a mãe pelo espelho retrovisor.

– Pode ficar tranquila, minha filha. Tô com oitenta anos e com mais saúde que vocês quatro juntos – e vó Lúcia deu uma risada. – Na verdade, o motivo nem é segredo. Quero fazer uma cortina para decorar a sala. Os *tsurus* também simbolizam sorte e saúde.

– Já tentei, mas nunca fiz um *tsuru* direito... – disse Kenji. – A senhora me ensina quando a gente chegar em casa?

– Sim, sim! E você vai aprender a dobrar tão rapidinho que logo, logo vai realizar um dos seus sonhos.

Makoto teve uma ideia.

QUANDO A LUA SOME EM DIAS DE CHUVA

Letícia e o pai foram ao *shopping* e curtiram um cinema mesmo. Nada de drama ou terror. Uma comédia bem leve para relaxar. Na volta, ele deixou a filha em frente ao portão.

A garota entrou em casa, deu um beijo na mãe, que estava no escritório, e procurou Lua. Havia comprado um brinquedo para ela.

– Lua!

Mas a gata não estava no quarto, nem na sala, nem na cozinha.

– Lua! Lua?

Revirou os demais cômodos e nada. Voltou ao escritório da mãe:

– A senhora viu Lua?

– Não...

As duas procuraram por toda a casa, no entanto nem sinal da felina de pelo cinza. Então, Letícia se lembrou de quando a gata tinha fugido para perambular na rua de trás, há um bom tempo.

– Será que ela inventou de dar uma volta lá de novo?

– Chuvas, ratos... – calculou a mãe. – É provável.

– É melhor a gente ir atrás dela – sugeriu a garota, preocupada.

– Tô esperando uma ligação pra fechar o projeto com uma cliente – Cecília era arquiteta. – Se ela não voltar em meia hora, a gente vai.

Mas a filha tinha pressa. Como muitas ruas permaneceram alagadas por quase todo o dia, Letícia imaginou que um monte de coisas ruins poderia acontecer a sua gata. Por isso, sem esperar pela mãe, pegou a sombrinha e saiu.

Ao dobrar a esquina, a garota escutou um miado forte. Correu.

Mais adiante, em frente a um prédio de três andares, Letícia viu Lua brigando com outro gato. Um rapaz apartou a dupla jogando uma pedra.

– Você tá louco? – gritou a garota, furiosa, pegando Lua no braço.

– Relaxa aí! – Ele fez o mesmo com o outro felino. – Não joguei neles, mas no portão de ferro. Não percebeu? Era só pra dispersar. Nunca machucaria o meu gato.

– Mas a gata dos outros tudo bem, né? – ela provocou. Foi quando sentiu o coração bater mais forte. Letícia ainda tinha que aprender a lidar com as emoções. Respirou fundo para se acalmar.

O rapaz balançou a cabeça.

– Sabia que foi a sua gata quem começou a briga? Trouxe Bukowski pra dar uma volta e ela resolveu implicar com ele.

– Bukowski? – repetiu Letícia, incrédula. – Esse é o nome de um poeta.

– É sim. Por quê? Não pode? – E ele soltou o gato que queria voltar ao chão.

– O gato é seu. Você quem escolhe.

– Ih, já vi que você não é mesmo uma boa gateira...

– *Oxe*! Por quê?

– Os gatos não são nossos. Eles é que são nossos donos.

Letícia revirou os olhos, sendo obrigada a concordar.

– Qual o nome da sua gata? É uma fêmea, né?
– Isso. Lua.
– Bom nome. O meu é Enzo. E o seu?
– Letícia.
– E onde você estuda?
Letícia achou a pergunta invasiva demais.
– Por que você quer saber?
– Calma. Sou novo na cidade. Me mudei de João Pessoa pra cá. Mas, pelo visto, todo mundo aqui é arisco. Tanto gente quanto gatos.
Letícia não respondeu à provocação.
– Vem, Bukowski. Vamos entrar! Tchau, Lua! – E ele abriu o portão.
Primeiro, Letícia notou que o tal Enzo não se despediu dela. Segundo, que carregava um violão, com a capa protetora, às costas. Terceiro, sussurrou para o rapaz que, pela distância, não ouviria:
– Metido.
Ao chegar em casa, Letícia descobriu que Bukowski tinha perfil no Instagram.

APRENDENDO A TRANSFORMAR SONHOS EM PÁSSAROS DE PAPEL

– Preparados? – perguntou vó Lúcia, à noite, após voltarem do passeio às dunas.

– Sim! – respondeu Kenji erguendo a folha de papel quadriculada.

– Hum-hum – concordou Makoto.

– Então, vamos lá! – ela disse, mostrando a página de um livro e explicando o passo a passo.

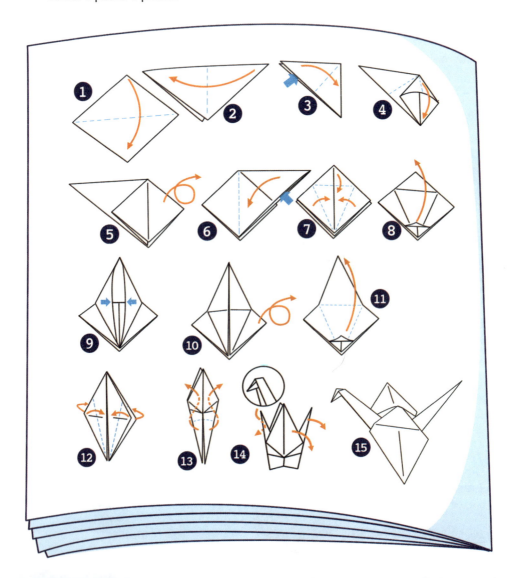

– É complicadinho… – comentou Kenji, concluindo a dobradura.

– O primeiro é mais demorado – disse vó Lúcia. – Mas depois que vocês pegarem a prática, vai ser fácil, fácil.

Eles fizeram mais alguns até que a mãe de Makoto interveio:

– Já tá tarde. A avó de vocês precisa descansar e os dois, dormir. Amanhã fazem mais.

Foram para o quarto. No entanto, assim que Kenji pegou no sono, Makoto se sentou na cama e tirou de dentro do travesseiro um pedaço de papel que escondera ali enquanto o primo escovava os dentes.

"Qual pedido faço primeiro?"

O grande sonho do garoto era se tornar um *mangaká*, desenhando uma história que fosse sucesso no Brasil e no Japão. Mas a tristeza que tomava conta dele nos últimos meses ultrapassava os limites do normal. Ele não queria admitir, mas já sabia que era doença.

Dois desejos. Mas Makoto teria que escolher um só.

Iluminando o papel com a lanterna do celular, fez o primeiro *tsuru*, mentalizando o seu maior sonho naquele momento.

21 VOLTAR NEM SEMPRE É REGRESSO, PODE SER COMEÇO

Como sempre, a rua do Colégio João Cabral de Melo Neto estava engarrafada. Todo dia era a mesma coisa. Mas na volta às aulas era pior.

– Eu desço aqui, mãe – avisou Letícia, já abrindo a porta do carro. – Não quero chegar atrasada.

– Beijo, filha – a voz de Cecília foi abafada pelo buzinar impaciente dos demais motoristas.

Na recepção do colégio, Clara aguardava Letícia. Ela pedira aos pais para trocar de turno. A justificativa foi que a maioria dos amigos, que eram do Clube do Livro, e Letícia, com quem Clara mais se entrosara, estudavam pela manhã. O que era verdade. Porém, Makoto funcionou como o empurrãozinho que faltava para aquela mudança.

Depois dos cumprimentos costumeiros, Letícia e Clara deram-se os braços e entraram na escola.

– Preciso ir na cantina – avisou Clara. – Esqueci minha garrafinha.

– E Makoto? – perguntou a amiga.

– Disse que vai atrasar. Mas que tem uma surpresa.

– No meu tempo, surpresa era reencontrar os amigos – era Lygia, a professora de Geografia, que falara. Ao lado dela, Lila, de Língua Portuguesa.

– Acho que nossas meninas nem imaginam como seria isso.

– Quem morava perto, ainda se encontrava para brincar – disse Lygia. – Ou quem tinha telefone podia se dar ao luxo de ligar uma ou outra vez perdida para alguém. Mas eu que morava longe, por exemplo, só sabia o que meus amigos fizeram nas férias no primeiro dia de aula.

– É assustador! – exclamou Clara, rindo.

Realmente, para Letícia, era difícil imaginar um mês inteiro sem celular.

– Se eu sair de casa pra algum lugar e não avisar que cheguei, minha mãe enlouquece – confidenciou Letícia.

– Tempos modernos – sintetizou Lila. – E você, Letícia, como tá?

– Tô ótima!

– Maravilha!

– E que susto, hein? – perguntou Lygia. – Fiquei sabendo.

– Olhaí – disse Clara. – Todo mundo ficou sabendo. Viva a internet!

Todas riram.

– É verdade – concordou a professora de Geografia. – Antigamente as notícias das férias tinham um ar de novidade em agosto. Mas agora...

– Falando em férias – disse Lila, pagando o sanduíche natural que comprara. – Ainda fiz aquelas redações do tipo "Minhas férias", acredita? – perguntou para Lygia enquanto se afastavam. – Tchau, meninas!

– Tchau! – respondeu Letícia e se voltou para Clara ainda mais curiosa: – Que surpresa Makoto vai fazer?

– Não faço a menor ideia. Quer dizer, faço. Ele viajou pra Natal, né? Deve ser alguma lembrança.

– Vai ver é uma camisa daquelas: "Estive em Natal e lembrei de você!".

– Nem brinca, Lê. Makoto deve ser mais criativo.

– Falando de mim?

– Makoto! – cumprimentou Letícia.

A garota achou o garoto mais magro. E, diferentemente de grande parte dos meninos que retornava às aulas com o cabelo cortado, o dele estava maior.

– Oi – disse Clara, tímida.

– Legal que você vai estudar com a gente agora – ele comentou.

– Acordar cedo vai ser a parte mais difícil. Mas me acostumo. E como foi a viagem de volta?

– Tranquila. Mas chegamos tarde. Pra variar, pegamos um trânsito. E você, como tá? Melhor? – questionou Makoto, dessa vez dirigindo-se a Letícia.

– Sim, sim. Mudando bastante a rotina, mas tô firme e forte.

– Que bom!

– Você disse que tinha uma surpresa, não foi? – inquiriu Clara, interrompendo a conversa.

– Foi... Prefere agora?

– É claro! – quem respondeu foi Letícia, que também queria saber o que o garoto tinha comprado para a amiga.

No fundo, Letícia queria ganhar algo. Contudo, tentava se convencer de que era impossível. Makoto estava a fim de Clara e não dela.

O garoto tirou a mochila das costas e pôs no chão. De dentro, retirou um embrulho que deu para Clara. E, em seguida, tirou outro, que entregou para Letícia.

– Pra mim?

– Pra ela também?!

Letícia ficou sem graça com a pergunta da amiga. E, pelo que ela notou, Makoto também.

 22 ATÉ QUEM NÃO MERECE GANHA PRESENTE

– É... – respondeu Makoto sem saber o que dizer.

Ainda em Natal, no Centro de Artesanato de Ponta Negra, Makoto procurou um presente para Clara, mais pelo pedido da garota do que por vontade própria. Só que encontrou algo que era a cara de Letícia. Ou melhor, o focinho de Lua. Não importava, tinha tudo a ver com a dona.

As amigas desembrulharam seus respectivos presentes. Clara ganhou uma garrafinha decorada com areia colorida. Já Letícia recebeu um gato cinza com as duas patas dianteiras levantadas.

Makoto explicou:

– Essas garrafinhas com areia colorida são famosas em Natal. Aí, trouxe quase literalmente um pouco da cidade pra você num potinho – sorriu. – E sobre o gato, é um Maneki Neko, que encontrei numa lojinha ao lado. Hoje o mundo tá tão globalizado que vende de tudo em todo canto – justificou meio sem jeito.

– Como é mesmo o nome? – quis confirmar Letícia.

– Maneki Neko. É o gato da sorte japonês. O mais tradicional é o branco com uma das patas levantadas. A pata direita significa dinheiro e a esquerda, clientes.

– Mas esse é cinza e tem as duas patas levantadas – observou Clara.

– As duas patas levantadas significam sorte em dobro e a cor cinza quer dizer saúde e longevidade. Tem Maneki Neko de várias cores e tamanhos.

– Gostei!

– Ah, eu também queria um – disse Clara, sem disfarçar o ciúme.

– É que eu não queria trazer uma lembrança igual...

– Eu sei até da lenda – acrescentou Clara.

– Lenda? – repetiu Letícia.

– Ah, é verdade. Tinha me esquecido que você é *otaku*.

– Não acredito, Makoto! Que mancada!

– Qual é a lenda? – quis saber Letícia.

– Dizem que, num dia de tempestade, um samurai se abrigou embaixo de uma árvore em frente a um templo japonês – ele contou. – Na entrada do templo, o samurai viu um gato mexendo uma das patas dianteiras, parecendo chamá-lo. Então, ele se levantou e foi em direção ao gato. Em seguida, caiu um raio em cheio sobre a árvore.

– Coincidência ou sorte, o samurai foi salvo pelo gato – interrompeu Clara, completando a história.

– Coincidência não – cortou Letícia. – Gatos só trazem sorte. Esse negócio de azar não tá com nada!

Makoto riu. Quem o visse ali, conversando com Letícia e Clara, consideraria que ele voltara das férias animado, feliz, renovado. Isso no exterior do rapaz. O interior estava diferente. Seguia triste.

O sinal tocou.

– Agora é oficial – ele disse. – Acabaram as férias.

– Não! – exclamou Letícia olhando para algum ponto atrás dele.

O garoto se voltou. E viu um rapaz alto acenando para Letícia.

– Quem é? – perguntou.

– Enzo.

 QUEM QUER SER AMIGO, NUNCA DÁ UM BOM AMIGO

Quando Letícia se aproximou da sala, estava revendo seus conceitos de sorte e azar em relação a felinos.

"O que é que Enzo tá fazendo aqui?"

Mas era melhor abandonar esses pensamentos do lado de fora. A garota balançou a cabeça para espantá-los. Não conseguiu.

Os pensamentos entraram junto com ela. Em carne, osso e sorriso. Ou melhor, Enzo.

– Não acredito que você é do oitavo ano também!

– Nem eu – ele disse, sorrindo. – Pelo menos uma cara conhecida na turma.

– Pois é, né?

– Qualquer dia desse a gente marca um encontro – ele sugeriu, fazendo uma pausa. Pausa o suficiente para Clara arquear as sobrancelhas, admirando a amiga. Enzo continuou: – Acho que meu gato está com saudade da sua gatinha.

Letícia não gostou do comentário, que lhe pareceu ambíguo. Nem se deu ao trabalho de responder.

– Bom dia! Bom dia!

– Lila? – a garota estranhou a presença da professora dos sextos e sétimos anos na sala.

– Cadê Wanessa? – perguntou Clara, referindo-se à professora do primeiro semestre.

Mas quem falou primeiro foi Enzo:

– Ainda bem que eu não sou a única novidade por aqui.

Letícia revirou os olhos.

"Metido!"

– Calma, pessoal, vou explicar – pediu Lila. – Como talvez alguns de vocês já saibam, mas outros provavelmente não, Wanessa está grávida.

Porém, descobriu durante as férias que a gravidez é de risco. Aí, vai ficar afastada durante este semestre. Como eu ainda tinha alguns horários livres, acabei assumindo duas turmas, e Roberto, um dos professores do Ensino Médio, assumirá a outra parte das aulas dela. Por isso, o horário de vocês mudou um pouquinho neste semestre. Mas não se preocupem, já estou com ele aqui impresso para entregar.

Presente de Makoto, ciúmes de Clara, colega de sala novato e mala, mudança de professora de Português... Muita novidade num só dia!

O que faltava mais para acontecer?

UMA FOLHA EM BRANCO É UM ÓTIMO TRAVESSEIRO

– Gincana estudantil. Tema: *Movimentos Migratórios* – escreveu Lila no quadro branco.

Entre os alunos, Makoto destoava da alegria e da empolgação geral. E suspirou. Já previra tudo o que viria pela frente: arrecadações, competições, discussões. E o garoto só queria paz.

– Não gostou da novidade? – perguntou Clara.

– Gostei sim – ele respondeu, tentando esconder o desânimo que voltava a abraçá-lo. – Vai ser massa! – forçou também o entusiasmo.

– E como vai funcionar a divisão das equipes, professora? – questionou Enzo. – Quais serão as provas?

– Em cada dia da semana que vem acontecerá as competições por série. A gincana vai durar o dia todo. Na quarta da próxima semana, será a vez de vocês. Sobre as equipes, não haverá sorteio. Cada turma representará uma. Acredito que amanhã sortearão os países homenageados.

– A gente precisa ficar com o Japão, professora – asseverou Enzo.

Makoto achou estranho o comentário do novato.

"Por quê?"

– Por quê? – perguntou Lila quase ao mesmo tempo do pensamento do garoto.

– Porque se uma das provas for trazer um japonês, a gente já tem.

Boa parte da turma caiu na risada enquanto Makoto não acreditava na asneira que tinha ouvido. E viu a cara de indignação de Letícia com o comentário. Já a cara de Clara, ele não saberia dizer. Ele não tinha olhado para ela.

– Sem brincadeiras – pediu a professora. – Qual é o seu nome mesmo?

– Enzo.

– Então, Enzo. Vamos respeitar os colegas, combinado? Não gosto de gracinhas na minha aula.

– Desculpa, professora! – E se dirigindo para Makoto: – Foi mal, cara. Me excedi.

"Me excedi", repetiu Makoto mentalmente. Formal, apesar do informal "foi mal" de antes.

"De onde veio esse cara?", continuou pensando o garoto. "O tal Enzo conhecia Letícia. De onde? Do Clube do Livro? Não. Ele era novato. Será que escrevia poemas também?"

Clara tocou no ombro de Makoto.

– Não liga!

– Tranquilo – respondeu.

Na realidade, o garoto queria ouvir o contrário. Se ela soubesse que ele quase perdeu a hora, não por ter dormido demais, mas por não ter nem forças para se levantar da cama... Os lençóis eram como uma rede de pesca e ele um peixe aprisionado entre os nós, sem qualquer controle sobre o futuro.

Era como se estivesse sem as rédeas do próprio destino.

Viajara para Natal sem querer, comprara um presente para Clara sem querer. E seguia agindo feito um candidato a namorado mesmo sem ter certeza sobre seus sentimentos. Vivia no modo automático.

Makoto abriu o caderno de desenho. Pegou um lápis; no entanto, após dois traços, desistiu. Retirou uma pequena folha quadricular e colorida para fazer um *tsuru*. Mesmo antes da primeira dobra, também desistiu. Na véspera tinha feito 60. A quantidade de pássaros de papel que pousava sobre o seu quarto não era regular. Dias de muitas dobraduras e outros sem nenhuma. Às vezes, Makoto até se sentia inútil para sonhar.

Puxou, então, o capuz do casaco e pousou a cabeça sobre o caderno aberto. Apagou os traços do desenho iniciado na folha. Tudo em branco. Com uma marquinha discreta. Mas em branco.

Como ele queria entrar naquela folha. Como ele queria que tudo ao redor desaparecesse. Como ele queria dormir.

25 ALGUMAS MENTIRAS CONVENCEM, OUTRAS NÃO

O sinal anunciou o fim das aulas e autorizou a algazarra costumeira da saída de sala. Letícia, em pé, arrumava a mochila. Clara e Makoto acenaram, saindo juntos. Ela retirou o embrulho de presente da bolsa e olhou por um instante para o Maneki Neko.

– Alguém vem buscar você? Ou volta sozinha?

Era Enzo quem perguntava.

– Por quê?

– Calma, Lê! Só queria oferecer uma carona. Moro uma rua depois da sua, né?

Ela baixou um pouco a guarda. Talvez o garoto só quisesse mesmo ser educado. Mas não. Era melhor não. Muito insistente. E querendo ganhar confiança e intimidade de uma hora pra outra.

– Minha mãe vem me buscar – Letícia mentiu. – Fica para outro dia.

– Se ela quiser revezar com a minha mãe as caronas, acho que seria legal para as duas. Combustível tá caro. Economizar faz bem.

Letícia só não sabia se essas caronas fariam bem.

– Vou falar com ela – mentiu de novo. – Mas esse acaba sendo um momento de mãe e filha, saca? A gente mal tem tempo de conversar por causa do trabalho dela.

Boa! Excelente argumento! Enzo concordou, deu tchau e foi embora. A garota foi a última a deixar a sala.

Na escada, Letícia desceu a passos lentos. A mãe não viria buscá-la. Ela voltaria a pé mesmo. A fim de dar tempo para que Enzo fosse embora, a garota entrou na biblioteca.

– Bom dia, Cora – ela cumprimentou a bibliotecária. Depois, corrigiu: – Quer dizer, boa tarde já.

– Boa tarde – ela riu.

– Vou pegar um livro, tá?

– Fique à vontade.

Letícia foi para a estante de poesia. Lembrou-se dos haicais.

– Tem livro de haicai?

– Tem alguns no setor infantil. No de poesia, tem alguma coisa também... Ah, espera. Tinha um aluno lendo algo no intervalo... – a bibliotecária voltou ao balcão. – Isso! Do Matsuo Bashô – E entregou para Letícia. – Ele estava olhando alguns livros e aproveitou para ler um pouco desse.

– Vou levar!

– Boa escolha! O menino que estava lendo gosta muito de poesia e disse que até arrisca escrever umas músicas.

– Quem é? – Letícia não resistiu ao mistério.

– É novato, mas impossível não decorar o nome: Enzo.

"Enzo. Enzo. Enzo."

O menino mal chegara e já contou toda a vida para a bibliotecária.

– Metido, chato e espaçoso! – resmungou Letícia voltando da escola a pé.

– Letícia!

Era perseguição. Só pode.

– Sua mãe não veio buscar você? – perguntou Enzo. – Quer uma carona?

– Vou dar um pulo ali. Na casa de uma amiga. Minha mãe tá lá me esperando. Quer dizer, vai me esperar lá. Vai atrasar um pouco.

– Tem certeza que não quer carona?

– Tenho.

Enzo acenou. A mãe dele também. O carro partiu.

E Letícia ficou com muita raiva. Era óbvio que eles perceberam que ela não quis a carona. Era óbvio que, tal qual o poema de Drummond, no meio do caminho de Letícia havia uma pedra e com nome: Enzo.

Porém, falando do caminho de Letícia, ao dobrar a esquina, ela se deparou com uma cena que fez seu coração pular dentro do peito.

Makoto e Clara se beijavam.

26 O BEIJO DO LÁPIS SE CHAMA DESENHO

Makoto chegou em casa. Nem alegre nem triste. Ou melhor, ao mesmo tempo feliz e reflexivo.

Tinha beijado Clara na saída do colégio. Aconteceu. E ele gostou. Do beijo. Mas a garota era um pouco diferente do que ele imaginava para uma namorada, apesar de Letícia falar que eles combinavam.

E agora? Namorariam? Ou continuariam só ficando por mais um tempo?

O celular notificou uma mensagem. Ele preferiu não olhar. Se fosse de quem pensava e se ela visse que ele ficara *on-line* e não respondera, poderia ser bem chato.

Ele preferiu o silêncio de um templo vazio.

Namorar implicava responsabilidades? Dar notícias? Revelar segredos?

Por um minuto, Makoto quis ser como um samurai. Ou melhor, um *ronin*, um andarilho solitário, que sai pelo mundo com seu quimono, sua *katana* e seu destino nas mãos. Mas a palavra samurai lhe agradava mais. E por que ele não poderia ser dono do próprio destino, lutando pelos seus sonhos?

Correu para o quarto. Retirou todos os livros, cadernos e tranqueiras da escrivaninha e pegou uma folha em branco.

Pegou um lápis. Escreveu no topo da página:

O SAMURAI SOLITÁRIO

Logo nos primeiros traços a ponta do lápis quebrou. Pegou outro lápis na caneca com a estampa do Pikachu. Estava sem ponta.

Makoto teve que revirar o quarto atrás de um apontador. Quando achou, a apatia desabou com ele sobre a cadeira.

A ideia, *a priori*, muito boa, agora lhe parecia ruim. E o sonho de desenhar um mangá, impossível. Naquele segundo, Makoto se considerou sem talento, sem futuro. Um nada.

MILHÕES DE FLORES SÃO JOGADAS NO LIXO TODOS OS DIAS

Letícia já tinha tomado banho e almoçado. O velho arroz com *nuggets* não estava fazendo tanta falta quanto ela imaginara inicialmente. A nova dieta até que não era tão ruim. Prato colorido, cheio de legumes e verduras, arroz integral e frango grelhado. Por pouco não postou uma foto, como as famosas blogueiras do mundo *fitness*. Agora, sentada diante da sua mesa de estudos, apontava os lápis sem pressa.

A garota gostava de observar o nascimento daquelas pequenas flores de madeira. Era assim que ela as via. Vermelhas, amarelas, azuis... E colocou-as em fileira na mesa. Para depois a mãe, durante a faxina, jogá-las fora sem qualquer cerimônia ou remorso.

"Milhões de flores são jogadas no lixo todos os dias", pensou Letícia, que quase escreveu um poema, mas desistiu. A imagem da melhor amiga e do amigo se beijando ainda estava nítida na memória.

Mas a garota não entendia o que sentia. Tristeza? Raiva? Ciúme?

Ela fora a menina-cupido que apresentara os dois. Não tinha direito, portanto, de reivindicar qualquer coisa. No máximo, ser madrinha de casamento. Porém, isso só mais adiante.

No momento, nada.

Ou não?

Lua saltou sobre a mesa, esmagando as flores e assustando a dona.

– Já disse que não pode me dar susto, Lua!

A gata lambeu uma das patas e atravessou a mesa passando sobre o teclado. A tela acendeu e um poema escrito em gatês foi digitado ao toque das teclas:

A garota achou engraçado.

A esmo, ela abriu o livro que trouxera da escola. Leu vários poemas. Inspirou-se e abriu o computador para escrever.

```
Sobre a mesa
À espera
O livro aberto
```

"Mais ou menos... Só que sem a métrica", analisou.
Ainda inspirada, continuou escrevendo:

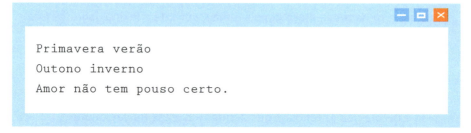

```
Primavera verão
Outono inverno
Amor não tem pouso certo.
```

– Isso não vai dar certo!
E se levantou concordando com a rima e a reflexão.
Letícia já ouvira – ou lera – que a poesia é a imitação da vida.
Mas se esquecera do vice-versa.

28 O MUNDO TODO CABE NA QUADRA DE UM COLÉGIO

A algazarra chegou à escada antes dos alunos.

As duas turmas matutinas do 8º ano desciam para a quadra onde haveria o sorteio da gincana estudantil. Os representantes das turmas vespertinas já aguardavam ali para o sorteio.

– Se a gente ficasse com o Japão seria incrível, né? – perguntou Clara.

Makoto não respondeu. Para o garoto, tanto fazia. Desde que a apatia se abatera sobre ele, não se importava mais com nada.

– Vamos lá, pessoal! – comandou a coordenadora Heloísa ao microfone. Ao lado dela, Sophia, a psicóloga do colégio.

Os alunos se aglomeraram em um semicírculo. Então, a coordenadora explicou:

– Este ano o nosso tema será *Movimentos Migratórios*. A gente sabe que o nosso país é reconhecido mundialmente como uma nação acolhedora e receptiva. Ao longo dos séculos, recebemos diversos imigrantes. E, como uma forma de homenagear esses povos que também ajudaram historicamente na construção do nosso país, selecionamos quatro deles: Portugal, Alemanha, Itália e Japão. Já os alunos do Ensino Médio discutirão as migrações mais recentes e a questão dos refugiados, se dividindo por blocos: países latino-americanos, países africanos e países do Oriente Médio. Mas, sem mais delongas, vamos ao sorteio!

Makoto imaginava a correria dos próximos dias, os alunos se envolvendo com arrecadações e ensaios, e os professores se estressando com o menor número de atividades de casa sendo entregues. O garoto já se sentia esgotado antes mesmo da gincana começar.

– Os alunos do 6º ano ficaram com... – Heloísa fez mistério. – Portugal!

– Mistura mais esses papéis aí – gritou alguém no meio da quadra.

A coordenadora riu e chacoalhou bem o saquinho com os outros três nomes.

– Os alunos do 7º ano ficaram com... – E a coordenadora repetiu o mistério. – Alemanha!

– Velho, o Japão é nosso – disse Enzo, agarrando Makoto pelo pescoço. – E vamos ganhar porque temos um *expert* no país aqui!

Para Makoto aquela empolgação toda era muito exagero.

– Não sou *expert* – retrucou. – Muito menos fui ao Japão.

– Sério? – disse o outro parecendo desapontado. – Mas não tem problema, não. Também nunca fui pra Itália.

– Você é descendente de italianos?

– Não.

– Então... – começou Letícia.

– Itália é o outro país do sorteio.

Makoto não sabia se ria ou não. Letícia pôs a mão na testa. Makoto sorriu com a angústia da amiga.

– E o 8º ano ficou com o Japão!

Makoto se assustou com a reação dos colegas, que correram para abraçá-lo e pularem junto a ele comemorando. Parecia que tinham ganhado, mas a gincana estava apenas começando.

Assim que a euforia diminuiu, Makoto julgou aquilo tudo falso. Se fosse outro o país sorteado, ninguém comemoraria dessa forma com ele, talvez nem sentissem a sua falta.

 ## PALAVRAS ECLODEM GUERRAS

– Já vou avisando que sou muito competitivo – declarou Enzo. – Só entro num jogo pra vencer.

Letícia balançou a cabeça em negativa, censurando o colega.

– Só não acho que seja tanto quanto uma garota que eu conheço – disse Clara.

– Quem? Letícia?

– Não, não. Mas ela sabe quem é.

Letícia se voltou para a amiga, sem entender a quem ela se referia. Mas nem precisou perguntar. A resposta em carne e osso se aproximava.

"Nayara."

No ano passado, a turma de Letícia, o 7º ano A, venceu a gincana. Nayara era a representante de turma e até discutiu feio com os alunos da turma D durante uma das provas. Agora, a ex-colega de sala estudava à tarde, na turma C. E Letícia já sabia que a colega não aceitaria outro resultado que não a vitória.

– Oi, Lê – cumprimentou Nayara se aproximando.

– Oi, Nay.

– Pena que não estamos na mesma turma este ano. Vai ser difícil vocês vencerem sem mim.

– Eu diria o contrário – disse Enzo, se intrometendo.

– Hã? – fez Nayara. – Qual é a do novato?

– O 8º ano A agora conta comigo – frisou o garoto. – Ou seja, somos nós que vamos vencer.

– Isso é o que vamos ver, gatinho – desafiou Nayara, dando meia-volta e se afastando.

Makoto deu dois tapinhas no ombro de Enzo:

– Parabéns! Você acaba de deflagrar a Terceira Guerra Mundial.

O pior é que Letícia tinha que concordar com o amigo. A provocação seria respondida à altura. Mas, por ora, achou melhor mudar de assunto.

– Querem *mix*? – ela perguntou, destampando um potinho com frutas secas e oleaginosas, como passas, castanhas e amêndoas. – Tenho que me cuidar agora. Recomendações da minha nutricionista – e riu, meio sem graça.

– Quero – aceitou Clara, pegando um pouco.

– Não, não – respondeu Makoto.

– É bom! Experimenta – insistiu Letícia.

– Tá... – Mas assim que colocou na boca, reclamou: – Ai!

– O que foi? – exasperou-se Letícia.

– Ai, ai, ai... Será que tinha uma pedrinha aqui no meio?

– Ou foi uma castanha dura? – sugeriu Clara.

Na mão de Makoto, algo branco.

– Quebrei meu dente...

– Bem feito! Quem manda não escovar os dentes antes de dormir? – Agora foi Kenji quem falou.

– Pera. Vou no banheiro – avisou Makoto.

Letícia ficou intrigada. O amigo não rebatera o comentário do primo. Era verdade? Ele era tão desleixado dessa forma?

– Bora jogar bola? – chamou Danilo.

– Bora! – concordou Kenji, correndo ao lado do amigo.

Pouco depois, quando Makoto retornou, Letícia observou atentamente o colega. Olheiras bem marcadas como se estivesse dormindo tarde. Ou não conseguindo dormir bem.

Havia alguma coisa errada com o amigo. E não era somente um dente quebrado.

30. COM A CORAGEM DE UM SAMURAI, MAS SEM A SINCERIDADE DE UM

À tarde, Makoto foi ao dentista. Torcia para que fosse uma obturação simples e não um canal, como alertara a mãe ao observar as fotos que ele pedira para Clara fazer do dente dele.

Akemi ficara intrigada com o relapso do filho. Makoto tentou desconversar e tal, mas sabia que, nos últimos meses, ele vacilava na higiene pessoal. Dormir sem escovar os dentes já se tornara um hábito e escapulir o banho das manhãs também. Às vezes, tomava até o café da manhã sem passar no banheiro antes. Só se obrigava a escovar os dentes antes do colégio. E somente para Clara não desconfiar.

A mãe de Makoto ainda perguntou se o filho estava bem mesmo. Ele disse que sim. Mas era mentira.

"Por que eu não consigo me virar sozinho? Por que eu não consigo ser feliz?"

Quis chorar, mas ali, na sala de espera, tinha que se segurar. Desbloqueou o celular para se distrair. Havia uma mensagem de Clara:

> Já foi atendido?

> Não, não
> E acho que vai demorar

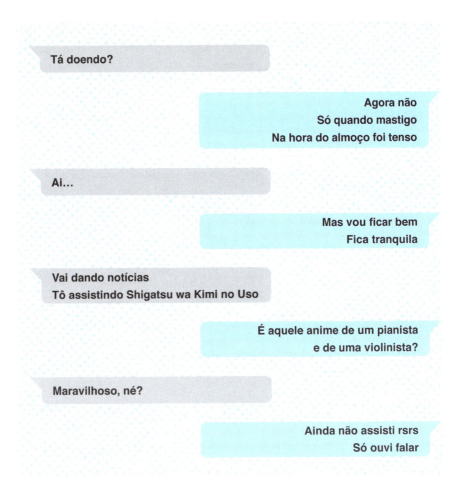

Makoto parara de maratonar os animes. Era como se tudo tivesse perdido a graça. Ou ele não tivesse mais vontade nenhuma.

"Coragem, Makoto! Coragem!"

Coragem era uma das virtudes do Bushido, o Caminho do Guerreiro, como era conhecido o código de conduta dos samurais do Japão Feudal.

– Makoto Takahashi – chamou a recepcionista. – Sala 3.

"Coragem, Makoto! Coragem", ele repetiu antes de se levantar.

Ao sair do procedimento, que, felizmente, não precisou de canal, Makoto pegou o celular para aproveitar mais um pouco o *wi-fi* da clínica. Os grupos pipocavam de mensagens. Abriu o do 8º ano A.

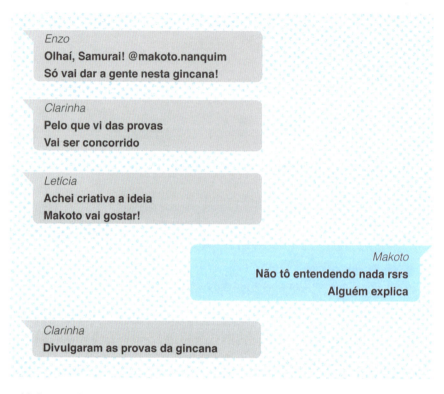

Makoto rolou a barra de mensagens. Achou o arquivo em .pdf. Abriu e entendeu.

As sete provas principais, que valiam mais pontos, foram inspiradas no Bushido, o Caminho do Guerreiro, de cuja coragem Makoto relembrara antes de entrar no consultório.

Ele leu cada uma das virtudes:

忠CHUU – LEALDADE
名誉MEIYO – HONRA
勇 YUU – CORAGEM
義 GI – JUSTIÇA
仁 JIN – COMPAIXÃO
礼 REI – RESPEITO
诚 MAKOTO – SINCERIDADE

Ao ler a sétima, que também era seu nome, Makoto chegou à conclusão de que sinceridade era uma palavra que não tinha nada a ver com ele.

A VERDADEIRA LEALDADE NÃO É HUMANA, É ANIMAL

A primeira prova da gincana estudantil dos alunos do 8º ano do Colégio João Cabral de Melo Neto era, na realidade, uma pré-prova e ocorreria no domingo pela manhã no parque Dona Lindu, localizado na orla de Boa Viagem.

Lealdade era a palavra-chave.

Anualmente, o primeiro domingo após a volta às aulas era destinado à cãominhada da escola. Uniram, então, a proposta da gincana com a atividade extraescolar. Pois, quando o assunto é lealdade, a dedicação dos animais sempre vem à tona.

Mas, enquanto no Brasil, os cães dominavam, no Japão eram os gatos que reinavam como animais de estimação. Por isso, dessa vez, cães e gatos estavam convocados a participar do evento.

Letícia desceu do carro com Lua no braço. No entanto, a felina não parecia disposta a interagir socialmente naquela manhã.

No parque, Makoto e Clara tiravam fotos. Ou melhor, Clara tirava fotos dela com Makoto.

– Ainda bem que você trouxe Lua – disse a amiga. – Infelizmente, no meu prédio não são permitidos animais.

– Meus pais trabalham muito fora. Qualquer um se sentiria solitário no apartamento.

Letícia ficou na dúvida se o amigo falava de algum bicho de estimação ou se dele mesmo. Ia sugerir que um animal poderia justamente acabar com a solidão, quando ouviu:

– Pelo visto, nesta prova, minha turma já ganhou – era Nayara se aproximando do trio. No braço, uma gata branca e, no chão, presa à uma coleira, uma cadela.

– Se eu fosse você, contava de novo – agora era Enzo quem provocava a representante da turma adversária. Todos se voltaram para ele.

Enzo trazia cinco cachorros na coleira, fora Bukowski no braço da mãe.

– O que eu não faço por esse meu filho? – ela disse.

– São mesmo de vocês? – indagou Nayara quase rosnando.

– Meu avô adora cachorros – ele explicou. – São todos dele. Como tá meio dodói, não pôde vir pessoalmente. Mas me liberou pra trazer a cachorrada toda.

– Depois que ele ficou viúvo, esses animais são a companhia dele – completou a mãe do rapaz.

– Olhaí, Makoto – disse Letícia. – Você poderia adotar um animal de estimação. Como não gosta de gatos, que tal um doguinho?

– Vou pensar – respondeu o garoto.

– Se pudesse, já teria escolhido um amor igual ao seu – disse Clara, fazendo um carinho em Lua.

"Amor...", Letícia repetiu mentalmente, tentando não pensar em ambiguidades.

Assim que a mãe se afastou, Enzo provocou Nayara:

– Não esperava que eu trouxesse uma matilha, né? Já disse que quando entro numa competição não é pra perder.

Ela bufou e saiu pisando duro.

– Para de provocar Nayara – sugeriu Makoto. – Isso não vai prestar!

– Você tá mexendo numa colmeia – alertou Letícia.

– Já disse que adoro mel de abelha?

 ## A BELEZA COMUM ENTRE OS OLHOS DE UMA GATA E DE UMA GUEIXA

Os ânimos estiveram à flor da pele na segunda e na terça-feira, enquanto a gincana se aproximava. A competição deixava os alunos eufóricos e os professores se desdobrando para que eles prestassem atenção nas aulas. A quarta-feira parecia não chegar nunca. Mas, para felicidade de todos, chegou!

O tão esperado dia seria repleto de provas para os oitavos anos. E a primeira delas tinha como palavra-chave *Honra*.

Honra, no sentido de valorizar a cultura e os elementos mais característicos da cultura japonesa. Para isso, a decoração temática da quadra, na parte reservada para cada turma, mais o mascote contavam pontos. Aliás, o mascote seria um *cosplay*, referência ao mundo dos *games*, mangás e animes.

– Nossa! – exclamou Makoto, admirando o rosto branco de Clara, que Letícia ajudava a maquiar. O garoto nunca achara a garota tão linda quanto agora. E isso deu um nó no juízo dele.

Nos dois dias anteriores, Makoto pensou seriamente em terminar com Clara. O garoto estava mais nesse relacionamento por ela e não por ele. Mas Clara era uma companhia atenciosa, carinhosa, amorosa. E bonita.

"Quando outra garota assim vai dar bola pra mim?"

Talvez fosse melhor deixar como estava. Ele não entendia as oscilações de humor, ou de amor, que sentia. Tomar qualquer decisão lhe parecia mais difícil que escalar o Monte Fuji.

– Que cara é essa, Makoto? – perguntou Letícia.

– Não gostou? – quis saber Clara.

– Pelo contrário, gostei sim. E muito!

Clara, que sempre tivera paixão por *cosplays*, se voluntariou para ser a mascote do 8º ano A. Aproveitando algumas peças que já tinha usado numa competição no início do ano, ela se vestiu de gueixa. Agora, na sala, aguardava pacientemente o momento da apresentação enquanto Letícia finalizava a maquiagem.

– Ainda bem que você chegou – disse Enzo, entrando na sala. – Todo mundo já tava ficando preocupado. Trouxe o cartaz?

– Hum-hum – concordou Makoto.

– Então, simbora pra quadra logo – comandou o novato. – Tá tudo meio parecido, com cartazes, balões e bandeiras. O que vai decidir essa parada será o mascote.

O colega tinha assumido a liderança da turma embora a representante da sala fosse Letícia. Makoto teve que confessar para si mesmo que tinha um pouco de inveja da animação e da energia exacerbada do novato. Enzo tinha em dobro o que Makoto nem sentia ter pela metade.

– Já descobri o *cosplay* de cada um e quem vai levar essa – asseverou Enzo.

– Sério? – perguntou Clara.

– Como assim? – questionou Letícia.

– Diz aí logo, então – pediu Makoto.

– Temos três meninas e um menino. Clara, do 8º A, de gueixa, Alice, do B, de Chihiro, e Nay, do C, de gatinha.

– Droga! – resmungou Clara. – Então ela já vai ganhar.
– Acho que não – discordou Enzo. – O *cosplay* dela tá meio apelativo.
– E não é só beleza que conta – recordou Letícia para Clara.
– Simpatia também – acrescentou Makoto.
– E é por isso que nenhuma das três vai ganhar.
– Hã??? – Os três fizeram sem entender.
– Vocês não repararam no que eu ainda não disse?
Makoto franziu o cenho, procurando a resposta. Ou melhor, a pergunta:
– Quem é o mascote do 8º D?
– Serginho, que tá de Mario Bros., e fazendo o maior sucesso com os professores.
O trio teve que reconhecer que, contra o carisma de Serginho, não tinha como concorrer.

33 COM GARRA, TODO MONTE SE ESCALA

– Com certeza isso foi patrocínio de algum pai – sentenciou Letícia, espantada com o paredão de dois metros e meio que havia sido erguido na quadra.

Coragem era a palavra-chave da terceira prova.

– É muito alto – observou Clara ao seu lado.

– Queria participar, mas nem posso subir meus níveis de adrenalina assim – disse Letícia.

– Moro em apartamento, mas altura nunca foi o meu forte – confessou Makoto.

Letícia olhou para Makoto. O garoto declinava facilmente de tudo que considerava difícil.

Durante boa parte da manhã, os alunos puderam se divertir, fazendo aquela escalada, sem valer pontos. Mas, naquele momento, cada turma teria que indicar apenas um aluno para a competição oficial.

– Já disse pra vocês que coragem é comigo, né? – Enzo se candidatou.

– Você não tem medo de nada? – inquiriu Letícia.

– É claro que tenho!

– Qual?

– Vários. Todo mundo tem um monte de medos. Quer que eu faça uma lista?

Letícia achou que Enzo estava tirando onda com a cara dela.

– Diga só o principal mesmo.

– Que o próprio medo me vença. Como já me aconteceu antes. Por isso, mesmo me borrando, vou em frente.

Clara bateu palmas. Letícia e Makoto trocaram um olhar curioso. O que Enzo quis dizer com "Como já me aconteceu antes"?

As palavras ainda ecoavam na cabeça dos três adolescentes quando o novato chegou ao topo e levou o primeiro lugar da competição.

Pouco a pouco, como naquela escalada, Enzo ganhava a confiança de Letícia. Ela já não considerava ele tão metido assim. E o passado dele talvez fosse mais interessante do que ela supunha.

E, depois do olhar apaixonado que Makoto lançou para a gueixa Clara, talvez fosse melhor Letícia se agarrar a outras esperanças.

34 TEM DIAS QUE ACORDAMOS COMO UM BARCO SEM REMO À MERCÊ DAS ONDAS

– Essa é contigo – delegou Enzo. – Você é quem vai fazer o cartaz.

Makoto quis dizer que não. Ele não andava nada inspirado naqueles dias. Tanto as dobraduras quanto o mangá estavam parados. Folhas intocadas na mesa do quarto.

Enzo entregara a missão da prova quatro, com a palavra-chave *Justiça*, ainda na sexta-feira, para o garoto.

Mas Makoto não tinha forças para se levantar da cama. Como desenharia qualquer coisa? Se pudesse, ele ficaria o dia inteiro deitado.

À medida que a gincana se aproximava e a sala toda falava sobre o Japão e discutia como ganhar em cada atividade, ele se lembrava do avô, das férias de janeiro e como era ser o pior neto do mundo. A autoestima do garoto não estava do outro lado do mundo, mas orbitando fora da Terra.

A quarta-feira, dia da gincana, chegou e nem um traço fora colocado no papel.

Makoto despertou às duas da manhã para fazer xixi. E, ao retornar ao quarto, viu pela milésima vez a cartolina para o cartaz. O cartaz poderia ser feito a partir de um desenho, de uma fotografia ou até mesmo utilizando qualquer programa de arte no computador.

Enzo sugeriu um desenho. Alguma coisa no estilo de pintura oriental. Até mandou gravuras do artista japonês Katsushika Hokusai para servir de inspiração.

Makoto se sentou na cama e procurou novamente as imagens no celular. Uma delas foi *A Grande Onda de Kanagawa*. Por uns minutos, Makoto se sentiu como o barco, jogado para lá e para cá à mercê das ondas e não da própria vontade. E sem enxergar o principal.

Durante muito tempo ele olhou para aquela gravura, reparando apenas nas ondas e no barco. Só no ano passado foi que viu o Monte Fuji ao fundo, quando a tia Yumi, mãe de Kenji, que era ilustradora de livros infantis, lhe mostrou o monte no centro da imagem. Ele se espantou, pois até aquele dia não tinha percebido. As ondas bravias chamavam muito mais a atenção do garoto.

– A imagem faz parte de um conjunto de quarenta e seis gravuras que, de diferentes ângulos, mostra o Monte Fuji. Muitas vezes, o principal está diante dos nossos olhos e a gente não enxerga, como em *A Grande Onda*, a mais famosa delas – explicara a tia na ocasião.

Ao se lembrar disso, Makoto teve a ideia. E, sob a pressão do relógio, trabalhou a madrugada toda. Não daria para colorir, mas faria tudo em nanquim.

Chegou atrasado, deixando os colegas de sala com os nervos à flor da pele.

Na hora da prova, os desenhistas de cada turma abriram seus trabalhos.

No cartaz, a imagem de um samurai, sobre um barco, com uma onda gigantesca ao fundo. Embaixo, a mensagem:

Justiça é quando a sua força de vontade se iguala à das ondas do medo.

Makoto não venceu. Ficou em segundo lugar. Mas a frase lhe dizia muito. E ele já sabia do que precisava para navegar aquele mar de melancolia. A dúvida era se teria a energia necessária.

 QUANDO SE PERDE ANTES MESMO DE JOGAR

– 5, 4, 3, 2, 1! Tempo esgotado – encerrou a coordenadora Heloísa. – E que a contagem comece! – brincou, parodiando a frase de *Jogos Vorazes*.

A quinta palavra-chave era *Compaixão*. A prova tratava-se da arrecadação de alimentos e produtos de higiene pessoal para um asilo. Quanto mais itens para doação, maior a pontuação. Na prática, a prova iniciou assim que o regulamento fora entregue aos alunos e se encerrava às três da tarde da quarta-feira, dia da gincana dos oitavos anos.

Letícia se sentou no chão ao lado dos amigos. Enzo arfava cansado. Tinha corrido para entregar a última caixa de mantimentos a tempo.

– Você acompanha a contagem, Letícia. Preciso descansar – disse, recuperando o fôlego.

– Será que essa a gente leva? – perguntou Clara.

– Não – respondeu Makoto.

Letícia não quis rir, mas a sinceridade do amigo deu um tom engraçado à negativa.

– Peraí! – reclamou Enzo. – E esse montão de coisa que a turma da gente conseguiu?

– Você não contou pra ele, né? – perguntou Makoto.

– Alguém pode me dizer o que é que eu não sei?

– O pai de Nayara é dono de uma rede de supermercados.

Enzo deitou na quadra.

– Ela vai estourar a pontuação!

– Foi assim que ela ganhou no ano passado – explicou Letícia.

– Que droga! Então, foi tudo em vão?

– Limitaram a pontuação, se esqueceu? – recordou a amiga.

– Tô tão cansado que já não tô raciocinando direito.

– Mudaram o regulamento? Eu não vi... – comentou Makoto.

– Eu coloquei no grupo... – disse a garota. Se bem que Makoto mal interagia por lá. Aliás, durante os preparativos da gincana, quando o grupo trocava centenas de mensagens, ela não viu nenhuma do amigo, seja concordando ou discordando de algo.

– Assim é melhor! – falou Clara. – Desse jeito, a gincana não perde a graça como foi no ano passado. Só que a entrega ao asilo fica por conta da turma com maior arrecadação.

– Tudo bem – disse Enzo, se levantando. – Mas a próxima a gente leva.

– Como? – questionou Letícia, sabendo que vencer da turma de Nayara não seria nada fácil.

– Como, não. Com quem – Enzo corrigiu.

36 OUTROS QUINHENTOS, MAS PODE SER OUTROS CEM

– Hum? – fez Makoto, que não entendeu a pergunta de Clara.

– Você tá triste, né? – perguntou pela segunda vez a garota vestida de gueixa, embora fosse apenas a primeira que ele escutava. – Pelo resultado da prova do cartaz – ela esclareceu.

– Também.

Makoto gostava de desenhar, e vencer essa prova seria um reconhecimento e tanto. Sem falar que ganharia aplausos e talvez mais um abraço coletivo. O que não ocorreu. Ele decepcionou toda a turma. E achava também que era literalmente uma decepção. Até ontem mesmo estava pensando em terminar com Clara. Hoje mudara de ideia. E estava ali ao lado dela como se nada tivesse acontecido. Aliás, o garoto ainda se surpreendia com o carinho que ela dava para ele. Makoto sabia que não retribuía. Provavelmente Clara entendia como se esse fosse o jeito dele. Mas não era. Makoto não era assim. Se a jovem gueixa ali a seu lado o tivesse conhecido antes, com certeza notaria a diferença. Mas ela já conhecera Makoto dessa forma e não sabia que o garoto podia ser de outra maneira. Menos introspectivo e mais feliz. Duas coisas que, ele tinha certeza, nunca mais voltaria a ser.

– Queria ser um vaga-lume para saber o que você faz quando eu não tô olhando.

– Não seria uma mosca?

– Mosca é feio. Melhor um vaga-lume – riu Clara. – Sem falar que eu serviria de inspiração para alguma coisa bonita.

– Já disse que você é uma menina muito especial?

– Algumas vezes – ela riu e fez um carinho nos cabelos dele. – Você também é, sabia?

Não. Makoto não sabia. Ou melhor, não acreditava. Para ele, todos os elogios eram o mesmo que nada. Era como se uma muralha invisível limitasse a aproximação de qualquer coisa boa que pudesse chegar a ele. Um elogio, um prêmio ou até mesmo a própria felicidade.

– Desculpa interromper, mas tô preocupada – disse Letícia, que acabava de sentar ao lado dos dois na arquibancada.

Makoto quis perguntar se a preocupação era com ele. No entanto, deixou que a amiga continuasse.

– Já vai começar a sexta prova e Enzo não voltou.

A palavra da vez era *Respeito*. E o desafio era trazer para o colégio a pessoa com a maior idade que conseguissem.

Na quadra, a professora Lygia explicou, iniciando a competição:

– Atualmente, o Japão apresenta a maior média de expectativa de vida do mundo, segundo dados da Organização Mundial da Saúde, a OMS. E nada melhor, portanto, do que homenagear aquelas pessoas que têm muitas histórias para compartilhar. Então, que venham ao palco os representantes de cada turma.

– Cadê Enzo? – perguntou Letícia em voz alta, levantando-se.

– Ele ficou de trazer alguém? – quis confirmar Makoto.

– Ele ficou de trazer o avô – respondeu Clara. – Você não lembra? Ele comentou no grupo.

Makoto balançou a cabeça em negativa. Ele realmente estava com a memória ruim para recordar coisas recentes.

Subiram ao palco os representantes das turmas B, C e D. A pessoa mais idosa era Raquel, tia-avó de Nayara, com 95 anos.

– O 8º ano A não trouxe representante? – quis saber Heloísa. – Não podemos esperar. Contagem regressiva! 10, 9, 8...

– Esperem, esperem – gritou a voz de alguém que avançava em meio aos alunos. – Só mais uns segundos, por favor.

A multidão foi se abrindo para dar passagem. Makoto e Clara ficaram na ponta dos pés para enxergar quem se aproximava.

– É Enzo! – gritou Letícia.

E de mãos dadas com um senhor, que caminhava devagar com a ajuda do garoto e de um andador.

– Seja bem-vindo – cumprimentou a coordenadora ao receber o senhor. – Qual o seu nome?

– Afonso.

– E quantos anos tem?

– Já completei os primeiros 100. Agora faltam mais outros 100.

Todos aplaudiram, rindo. Menos Makoto. Seu Afonso tinha um lado do rosto paralisado. No entanto, a pele das mãos, que seguravam o andador, parecia a mesma de vô Akira: com marcas do sol, da idade e da vida. O tempo, feito um artista, desenhara um quadro abstrato ali.

Makoto olhava para o avô de Enzo e se lembrava do próprio. Quis chorar, porém respirou fundo a fim de segurar a reação. Seguraria as ondas até chegar em casa, quando elas poderiam saltar para o travesseiro, como se fosse uma praia deserta.

Depois de uma foto em frente ao palco ao lado do avô, da coordenação da escola e de alguns professores, Enzo se aproximou de Letícia, Clara e Makoto. Dirigiu-se à amiga:

– Ah, Letícia, talvez eu não tenha dado a resposta completa.

– Não entendi...

– Sobre meu maior medo.

Makoto aguçou os ouvidos para escutar. A quadra sempre barulhenta desde o início da competição.

– Quando meu avô sofreu um AVC, chorei muito, com medo. Medo de perder o meu avô. Achava até que... – hesitou, preferindo omitir a palavra. – Mas sobreviveu. Isso tem uns cinco anos. Ele tem algumas sequelas, mas ainda me deu uma bronca quando descobriu que eu chorei pensando no pior. Ele disse algo que não esqueci até hoje. A gente nunca pode deixar o medo ser maior que a gente. Ele até pode ser, mas é para encará-lo mesmo assim.

Uma ruga marcou o rosto de Makoto. Letícia se voltou para o amigo como se percebesse o movimento.

Makoto avisou que iria ao banheiro. Mas, na verdade, a necessidade era outra. Chorar. E foi o que fez trancado no reservado, sufocando com a palma da mão o barulho, a dor, a vontade de gritar um pedido de perdão.

37 QUEM PLANTA VANTAGEM, COLHE DESVANTAGEM

E a gincana estudantil do Colégio João Cabral de Melo Neto corria a todo vapor!

– A palavra-chave agora é *Sinceridade* – anunciou Lila. – E vai começar o *Fake News No*! A dinâmica é simples: perguntas sobre boatos (ou não) e informações relativas a eles. Quando eu disser *Valendo!*, quem levantar a mão primeiro tem o direito de resposta. Se errar, ponto para a equipe adversária. A cada rodada, novos jogadores. Todos entenderam?

– Sim! – responderam as turmas do 8º ano em coro.

A cada rodada uma turma parecia vencer. O 8º D acertou que a vitamina B17 não era uma vitamina apesar do nome; o 8º C acertou quando disse que o planeta com o movimento de rotação mais lento era Vênus, com 243 dias; o 8º B acertou o país do jornal que mentiu no século XIX, dizendo que existia vida na Lua, os EUA; e Letícia, do 8º A, acertou que o Museu do Meme existia mesmo, de verdade.

– Agora vamos para as perguntas finais – avisou Lila.

– Ai, como tô nervosa – disse Letícia, descendo do palco. – Agora vai você, Clara.

Para a alegria da turma, a pergunta foi literária:

– Essa pode até ser considerada a *fake news* das *fakes news*! – comentou a professora, antes de fazer a pergunta. – Qual o nome do livro do autor H. G. Wells que o cineasta Orson Welles adaptou em uma transmissão no rádio, divulgando uma falsa invasão alienígena? Valendo!

Só Clara levantou a mão.

– *A Guerra dos Mundos* – e respondeu com um sorriso no rosto.

– Você vai na pergunta final, Makoto, ok? – disse Letícia.

– Melhor não – discordou o amigo. – Já perdi no cartaz. Melhor deixar Enzo para enfrentar Nayara na pergunta final. Vou logo agora – e o garoto subiu ao palco.

– Uma marca norte-americana criou um perfume com cheiro de gato. Verdade ou *fake news*? Valendo!

Makoto levantou a mão mais rápido do que Letícia imaginava. Ela só receou o resultado da resposta. O amigo não entendia nada de gatos, não era gateiro como ela.

– Falso – respondeu o garoto com a maior convicção.

– Ai... – Letícia gemeu.

– Verdadeiro – respondeu a professora. – Tem gosto pra tudo né, gente?

A garota ficou com pena do amigo, mas deixou que Clara o consolasse.

– Agora é comigo – asseverou Enzo. – Tá empatado. Vou acertar essa.

– E quem será que vai levar essa pergunta? Nesta última rodada, apenas o 8º A, representado por Enzo, e o 8º C, representado por Nayara, vão competir. Preparados?

– Sempre estive – respondeu Nayara.

– Não respondo diferente – provocou Enzo.

– Qual o nome da barragem envolvida no maior boato da história de Pernambuco, que causou um grande desespero da população recifense em julho de 1975? Valendo!

Letícia ficou tão paralisada quanto Enzo. Ele não era de Pernambuco. E chegara há pouco tempo. Não tinha como ele saber. E por isso mesmo que Nayara levantou a mão e respondeu pronunciando cada letrinha:

– Barragem de Tapacurá, professora.

Enzo desceu do palco, furioso.

– Não fica assim – pediu Letícia.

– Vencemos as provas de Lealdade, Coragem e Respeito. O 8º C de Justiça, Compaixão e agora de Sinceridade. O 8º D só uma, a de Honra. E o 8º B já aceitou a derrota e muitos alunos tão voltando pra casa – resumiu o garoto andando em círculos. – Logo, turmas A e C na prova-surpresa. Qual será?

– Não faço a menor ideia.

SURPRESAS QUE MOMENTOS TRISTES TAMBÉM PROPORCIONAM

– Preparados para a prova-surpresa? – perguntou a coordenadora Heloísa no palco. – Há um objeto escondido no colégio e vamos dar apenas três dicas. Somente três alunos poderão correr atrás para encontrar.

– Você quer ir, Makoto? – perguntou Letícia.

– Não, não – respondeu o garoto. – Já atrapalhei a turma duas vezes – e ele fungou.

– Você tá com coriza?

– Acho que vou gripar – mentiu. – Tava espirrando que só no banheiro.

– Mas também, você foi molhar o cabelo!

– Tem razão – Makoto gostou de que Letícia arranjara uma desculpa para ele. Assim, não precisava inventar uma explicação. Quando saiu do reservado, para disfarçar a vermelhidão do rosto, lavou tudo, até o cabelo. Quanto mais água, mais diluído ficaria o sal das próprias lágrimas.

– Mas você vai participar, viu? – ela disse e se voltou para o palco.

Heloísa anunciou:

– E as três dicas são: o objeto é um suvenir, representa um cartão-postal de Tóquio e sua inspiração foi um ponto turístico de outro lugar do mundo. Valendo!

– Torre de Tóquio. Essa é fácil – disse Clara. – Agora onde tá escondida?

– Espera – gritou Makoto. – Acho que sei quem escondeu.

– Quem? – perguntaram Enzo, Clara e Letícia em uníssono.

Na ida ao banheiro, Makoto quase esbarrou em Lila. Se ela não tivesse deixado cair algo que tilintou no chão, o teria visto passar chorando. E ele até tivera a impressão de que ela escondia algo. Agora teve a certeza de que não foi só impressão.

– Onde ela...

– No Clube do Livro! – Clara interrompeu Enzo e saiu correndo. O novato a seguiu.

– Corre, Makoto! – gritou Letícia. – Nayara ouviu! E correu também!

Clara, Enzo, Nayara e Makoto foram os únicos a seguir na direção certa.

Na subida da escada, Enzo estancou.

– Essa prova já é nossa!

– Sai da minha frente!

– Calma! Espera só um segundinho – provocou Enzo. – Agora sim pode passar.

– Boa estratégia – disse Makoto ao lado do amigo.

No corredor do Clube do Livro, Clara, saindo da sala ao lado de Lila, erguia o suvenir com a mão. Encostada à parede, Nayara chorava. Aquela cena abalou Makoto. Minutos antes era ele quem chorava.

A professora consolou a aluna do 8º ano C, abraçando-a.

Ao voltarem para a quadra, o trio encontrou Letícia chorando. E não só ela. Outros alunos também. Nas caixas amplificadoras apenas a música do silêncio.

A ALEGRIA GOSTA DE ALTERNAR COM A TRISTEZA

– O que foi?

Segurando o celular, a mão de Letícia tremia encostada à boca.

– Fala logo! – exigiu Clara. – É por causa do resultado? Nós ganhamos! Aqui, ó! – E ergueu a miniatura.

– Não... – foi só o que respondeu à amiga.

– Por que o som parou de tocar? – perguntou Makoto.

Sem paciência para suspense, Enzo tomou o celular de Letícia e leu. Mas não em voz alta. Ficou paralisado, olhando fixamente para a tela do aparelho.

– O que foi, Enzo? Diz – insistiu Clara.

Mas quem respondeu foi Letícia:

– Ben... que estudou aqui no ano passado... morreu.

Makoto não conseguiu perguntar nada. Como pássaros, as palavras voaram para longe.

– Como, Lê? De quê? – quis saber Clara, olhando para o celular na mão de Enzo, com um misto de curiosidade e medo.

Aquela informação era como um *tsunami* que destroçava os pensamentos de Letícia.

Clara abraçou a amiga. Makoto abraçou as duas. Enzo, perdido, se juntou ao grupo.

E Letícia ouviu, ao fundo, um choro alto. A notícia se espalhava.

As notificações, provavelmente sobre o fato, estremeciam os celulares, assim já como fizeram com aqueles adolescentes.

No palco, com a voz embargada, a coordenadora Heloísa comunicou:

– A turma do 8º A venceu a gincana deste ano. Mas, uma notícia acaba de nos pegar desprevenidos, e deixaremos as comemorações para outro dia. Esperamos contar com a colaboração de todos.

Letícia não conseguia mais prestar atenção em nada. A cabeça estava a mil. Recordava o colega de sala, a apresentação de trabalhos, as tentativas de filar em alguma prova, as apresentações musicais nas gincanas – ele gostava de dançar – do sorriso sempre aberto de Ben.

Sorriso. A garota também se lembrou de uma foto que viu outro dia. Um sorriso, acompanhado de um olhar meio triste, de olheiras escuras. Achou que não era nada demais. Mas era. Era tudo.

– Acho melhor a gente ir pra casa – sugeriu Enzo. – Se vocês quiserem, posso falar com minha mãe pra levar vocês.

Letícia focou a vista no primeiro contato anexado no aplicativo de mensagens. Mãe. E ela acabava de enviar uma mensagem, que foi lida sem a necessidade de clicar na tela:

Cheguei

– Vem comigo, Clara – sugeriu a garota. – Minha mãe chegou. Ela nos leva.

– Eu aceito a carona – disse Makoto para Enzo.

Letícia acenou para os amigos e, lado a lado com a amiga, andou com pressa, de cabeça baixa, evitando observar os alunos que, espalhados pelos corredores, comentavam o fato.

Ao entrar no carro, deu um abraço tão apertado na mãe que, distraída mexendo no celular, se assustou:

– Letícia?! O que aconteceu?

 ## QUANDO A LIBERDADE VIRA PRISÃO

Makoto não queria ficar sozinho. Não naquela noite.

Ele agradeceu a carona da mãe de Enzo e quase pediu para dormir na casa do amigo, mas ficou com vergonha.

No percurso, o colega de sala leu detalhes da notícia que Makoto preferia não escutar. Mas, quanto menos queria isso, mais as palavras do colega ecoavam em seus ouvidos.

Tomou o elevador e subiu.

Estava nervoso.

Abriu rapidamente a porta da sala.

Tudo escuro.

Acendeu a luz. E correu para acender todas as outras da casa.

E ligou a tevê.

Uma sensação de tranquilidade tomou conta dele.

Mas por pouco tempo.

Jogou-se no sofá. Pegou o celular.

Os grupos da escola tinham subido. Os colegas digitavam ou mandavam coisas sobre a notícia. Mensagens, *links* e fotos.

Makoto jogou o celular de lado. Teve medo de que as fotos do... Ele não queria nem verbalizar a palavra. Esperava que todos tivessem a sensibilidade para não compartilhar nada do tipo.

Olhou para a parede e viu a *katana* que decorava a sala. A avó dera para o garoto no retorno das férias. Makoto se segurava para não jogar o objeto fora. Era um presente japonês, mas agora lhe parecia um presente de grego.

Por muitas vezes, quisera ficar em casa sozinho. Mas não agora.

E, justo nessa noite, os pais chegariam mais tarde. Perto da meia-noite.

Makoto foi para o quarto.

Na mesa. Viu os rascunhos do mangá que criava.

Lembrou-se da conclusão planejada e se arrependeu da ideia. Ainda bem que nem esboçara nada. Aquela ideia lhe pareceu muito triste. Pensaria em outra. Muito mais feliz. Era melhor.

Nervoso, Makoto andou de um lado para o outro. Voltou para a sala. Pegou o celular.

Ele não queria ficar sozinho naquela noite. Pensou em ligar para Clara, que sempre vivia conectada. Ele quase sempre era quem encerrava a conversa. Mas, se ela quisesse, passaria a noite toda conversando.

Era egoísta, reconhecia, mas agora Makoto precisava de alguém para trazê-lo de volta à realidade, para mantê-lo com os dois pés firmes no chão, na razão.

Ligou para Clara. Felizmente, ela atendeu rápido. Ele perguntou:

– Tá tudo bem com você?

Mas era Makoto quem queria ouvir a mesma pergunta para responder que não. Não estava nada bem.

41 É NECESSÁRIO CONFESSAR A DOR PARA CURÁ-LA

O retorno às aulas foi difícil.

Muitos foram na quinta à tarde se despedir do colega. Letícia, ainda abalada, preferiu ficar em casa. Sabia que a comoção seria forte demais. Na sexta, a reunião dos professores, prevista no calendário letivo, foi mantida, mas a pauta, provavelmente, foi outra.

Na segunda, alguns seguiam comentando a perda precoce do adolescente Ben, outros evitavam tocar no assunto, como se nada tivesse ocorrido.

– Ele estudou com a gente ano passado, brincava, era até um dos mais aplicados da turma – começou Letícia. – A ficha ainda não caiu.

– A notícia foi um baque pra todo mundo, Lê – disse Clara. – Estudei com ele no 5º ano. Na quinta, eu fui... Mas fiquei tão mal depois... Um adolescente que nem a gente!

– Assustador – resumiu Makoto.

– Ele era sobrinho do professor Jader, de Matemática, né? – quis confirmar Enzo.

– Isso – respondeu Letícia. – Você conhece o professor?

– Só a fama. Mal cheguei e já ouvi os comentários – e ele sorriu sem graça.

– Aliás – disse Clara – parece que não só o tio, mas toda a família é assim, muito rígida, exigente com disciplina e tal.

– A disciplina não é exatamente algo ruim – argumentou Makoto.

– Mas em excesso é – contra-argumentou Enzo.

– Ano passado, ele até chorou quando tirou nota baixa numa prova – contou Letícia. – Ben vivia dizendo que a família era cheia de engenheiros e que eles não aceitavam notas baixas em Matemática.

– E parece que não aceitavam o fato de ele estar com depressão.

– Depressão?! – repetiu Makoto.

– Hum-hum... – confirmou Clara. – Ele até passou umas semanas sem conseguir ir ao colégio este ano. Por incrível que pareça, conversei muito com Nayara esses dias. Ela tá muito abalada. Era uma das melhores amigas dele. E tá muito mal. Ela disse que diálogo não era uma palavra muito forte na casa dele e comentou comigo que uma vez Ben contou pra ela que o padrinho dele disse que esse negócio de depressão era frescura, coisa de fraco e preguiçoso, desculpa pra ficar na cama.

– Nossa! – disse Makoto. E Letícia percebeu que o amigo contraía cada vez mais o rosto.

– Muita gente ainda não entende que depressão é uma doença – disse Enzo, despertando a atenção da garota. – Pensa que é só coisa da cabeça de quem tem. Mas quem tá sofrendo precisa de ajuda. Uma tia minha enfrentou uma depressão há dois anos. Foi um momento muito difícil. Felizmente, vencemos. Quem vê minha tia hoje, não diz que ela enfrentou momentos tão delicados assim. Ainda bem que ela teve coragem pra admitir o que sentia e procurar tratamento. E teve o apoio da família. Meu pai, que é irmão dela, deu uma força danada. E eu também. Passei várias tardes na casa da minha tia, brincando, vendo televisão, conversando besteira, tentando distrair ela de alguma forma. Hoje penso que eu ali a ajudava. Talvez ela não se sentisse sozinha...

– Muito bonito, Enzo – elogiou Clara.

– Valeu – ele agradeceu.

E Letícia percebeu o olhar de Makoto para a amiga. Seria ciúme?

– Depois vou procurar Nayara. Apesar da nossa rivalidade na competição, imagino que ela esteja precisando de apoio, conversar... Sou a favor de falar desses temas, sabe? Tem uma escritora, Lygia Bojunga é o nome dela, que eu gosto muito, que tem uns livros que falam de uns assuntos difíceis assim, mas necessários pra gente discutir – disse Enzo.

– É a autora de *A bolsa amarela*, né? – Letícia relembrou. – Li no Fundamental.

– Ela mesma, Lê! – confirmou Enzo. – Ela tem outros livros, de temas mais delicados, como dizem. Mas sou a favor de falar deles – defendeu Enzo. – É essencial.

– E nada melhor do que a arte para isso, concordam? – a voz agora era de Lila, que entrou na sala ao lado de Sophia, a psicóloga do colégio.

FELICIDADE É BRINCAR DE ESCONDE-ESCONDE

A conversa com os amigos ainda reverberava na cabeça de Makoto quando ele fechou o círculo com a cadeira e sentou.

Ele não gostava muito daquela arrumação da sala de aula, pois se sentia mais em ênfase. Queria, na verdade, se esconder.

No quadro, Lila escreveu:

DEPRESSÃO:
Precisamos falar sobre isso!

"E a coragem?", foi o que Makoto pensou, mas não teve a *coragem* de dizer.

Aquela tristeza imensa o amarrava com fios invisíveis, feito cordas sobre os lençóis da cama, impedindo-o de batalhar pelos seus sonhos: desenhar, ser *mangaká*, dobrar mil *tsurus*. E desde a terrível notícia, ele se sentia cada dia mais nervoso e angustiado.

– Todo mundo vai enfrentar alguma situação triste na vida – disse Sophia. – Essa história de todo mundo sorridente e feliz é só coisa de internet, das redes sociais. Afinal, a tendência natural do nosso comportamento é mostrar tudo de bom que acontece com a gente e esconder os momentos ruins. Mas ficar triste também é natural. O problema é quando essa tristeza dura muito. Mas muito mesmo. Até diante de uma notícia maravilhosa, ou de uma festa, ou de uma coisa que gostava muito, parece que a Felicidade sumiu!

Makoto sorriu por dentro. Do jeito que Sophia falara, parecia que a Felicidade era gente.

– Vamos imaginar que ela é uma pessoa? – perguntou Lila. O garoto franziu a testa, achando que ela lera seus pensamentos. A professora pegou um livro infantil da mesa e mostrou-o para a turma. Alguns alunos olharam enviesado, julgando a história para crianças, contudo a professora não se intimidou. – Vamos ler?

Makoto assentiu como se a pergunta tivesse sido feita diretamente para ele. E Lila começou:

Felicidade

Vamos imaginar que ela é uma criança? E Felicidade será mesmo o seu nome.
Só que ela adora brincar de esconde-esconde.
E é muito boa nisso!

Aí, quando Felicidade chega, é pura alegria.
Todo mundo quer jogar com ela.
E, quando descobrimos seu esconderijo, é só riso, diversão e correria.

Sempre corremos pra chegar antes dela, né?
Sempre!

Só que dissemos que ela era muito boa nessa brincadeira.
Então, tem horas que Felicidade consegue se esconder bem escondido.
Procuramos...
Procuramos...
Procuramos...
E não encontramos!

Onde está Felicidade?

Nem aqui...
Nem ali...
Nem lá...
Muito menos acolá!

*Ninguém a encontra.
Assim, a brincadeira fica chata e sem graça.
Tristes, pensamos que perdemos.*

Às vezes, até queremos encerrar a partida antes da hora.

*Felicidade?
Sumiu!*

*Mas não sumiu!
Pois ela não foi embora!*

*De onde menos se espera, quando menos se espera, Felicidade sai correndo.
E corremos atrás dela de novo, dando o nosso máximo!*

*Podemos chegar antes? Sim.
E depois? Também.
Mas o melhor é quando chegamos juntos.
Aí, é obrigatória uma nova rodada!*

A vida é assim: uma brincadeira de esconde-esconde com a Felicidade.

O importante não é saber onde ela se esconde, mas seguir no jogo. Porque chega uma hora em que será a vez dela procurar por você.

A turma inteira aplaudiu. E Makoto, além de bater palmas, apertou os lábios e piscou os olhos muitas vezes para não chorar.

RECEITA PARA DESENHAR QUADRADINHOS DE VIDA

Assim que a roda de conversa sobre o livro acabou, Lila e Sophia dividiram a turma em grupos. Depois, entregaram uma cartolina em branco, lápis e borracha. No birô, colocaram uma caixa com lápis de cor, hidrocor, giz de cera, tintas e pincéis. Letícia, Clara, Makoto e Enzo sentaram juntos.

– Esta será a primeira ação do nosso Sarau Poético – explicou Lila. – O tema deste ano é *Viva a Vida!*, e os trabalhos de vocês farão parte do nosso mural. Tudo estará relacionado com a campanha do Setembro Amarelo.

– Nosso objetivo – acrescentou Sophia – é enfatizar que todos vocês são importantes para nós, não só como alunos, mas, além disso, como seres humanos complexos e em formação.

– E quando vai ser o sarau? – perguntou Letícia, já ansiosa para o evento. Quem sabe ela poderia mostrar algum dos seus poemas? Ou até escrever um com a temática do ano?

– Já na próxima semana. Decidimos antecipar – respondeu Lila, que não precisou explicitar o motivo para que todos entendessem. – E quem tiver dotes artísticos está mais do que convidado, está convocado e obrigado a participar! Ouviu, Letícia? – A garota sentiu o rosto se afoguear. – Já sei da fama dos seus poemas – complementou a professora. – Fique à vontade para declamar algo.

Letícia não esperava que a professora Wanessa tivesse contado para Lila sobre os seus versos.

– E eu posso tocar ou cantar?

– Claro, Enzo! Quanto mais gente participar, melhor!

Realmente, Enzo estava disposto a roubar toda a atenção do colégio para ele.

– Quem sabe a gente não compõe uma apresentação juntos? – ele perguntou à amiga. – Vou adorar.

Letícia quis responder que era melhor não, no entanto preferiu morder a língua para não falar. Ela considerava seus poemas algo tão íntimo, como as próprias veias e artérias. Eram, assim, versos do coração.

Mas, pensando bem, não era hora para qualquer tipo de egoísmo. Apresentar no sarau algo bonito e motivador era o mais importante.

– O que é pra gente fazer com esta cartolina? – perguntou Makoto.

– Um cartaz com uma mensagem de valorização da vida – respondeu Sophia.

– Fiquem à vontade e usem a criatividade – complementou Lila. – A arte nos ajuda a viver. E isso vale para toda e qualquer expressão artística.

– Ai... – gemeu Clara.

– O que foi? – quis saber Letícia.

– Quando Lila fala isso, aí é que eu fico mais perdida. É difícil lidar com tanta liberdade assim.

– Talvez um desenho? – sugeriu Makoto já com lápis e borracha na mão.

– Uma mensagem seria legal também – acrescentou Enzo.

– Podemos fazer os dois – ponderou Letícia.

– Mas não um cartaz – disse Makoto. – Já fizemos na gincana. Podemos escolher outra coisa.

– Que tal uma tirinha? – sugeriu Enzo.

– Poesia, desenho e reflexão em três ou quatro quadrinhos – resumiu Letícia. – Algo meio Mafalda, meio Calvin e Haroldo. Seria legal!

– Eu gosto – concordou Clara. – Não sei desenhar, mas posso colorir. – E depois, dirigindo-se para Letícia e Enzo. – Agora, meus caros poetas, vocês já podem iniciar a parceria de sucesso.

Com uma careta, Letícia olhou para Clara, que riu e puxou a cadeira para mais perto de Makoto.

PERDIDO EM UM NINHO DE PÁSSAROS DE PAPEL

Aos poucos, as aulas foram retomando o ritmo normal. E o sol, voltando ao céu com mais frequência, afastava as sombras daqueles dias. Menos dos pensamentos de Makoto.

Ele continuava cabisbaixo. Mais cedo ou mais tarde, teria que contar sobre o que estava enfrentando para os pais e para Clara. Pensar nisso, porém, só aumentava a ansiedade e a vontade de fugir. Entretanto, ele não poderia continuar nessa sozinho. Era cruel demais trilhar essa estrada do desespero só.

– Makoto?

– Hum? – fez ele para Clara.

– Você não ouviu o que perguntei, né?

– Desculpa, Clarinha. Foi mal.

– Tudo bem. Também tô meio aérea esses dias. Mas, olha, você quer dar uma volta no *shopping* mais tarde?

Makoto quis negar logo de cara, previu uma DR no meio da tarde, mas não conseguiu dizer não.

– Não sei se rola hoje...

– Te mando uma mensagem depois do almoço, tudo bem?

– Tá. Combinado.

E ela deu um beijo nele antes de correr para a *van*, que acabara de buzinar.

Na saída do colégio, ele teve a impressão de que alguém o chamara. Olhou ao redor, porém não viu ninguém. Seguiu para casa.

Ao chegar, Makoto almoçou. Enquanto isso, dona Sônia, a diarista, fazia a faxina.

E, por um momento, ela olhou para ele como se fosse perguntar algo. Talvez dona Sônia já soubesse do ocorrido com Ben e quisesse saber alguma coisa. Mas não perguntou. Provavelmente, cogitou o garoto, ela pensava, como tantas outras pessoas, que suicídio era um assunto proibido. Melhor não falar, nem tocar nele. Makoto colocou mais uma colherada de feijão na boca para também não dizer nada.

No quarto, sentou-se à mesa. O tampo cheio de *tsurus*. Ele já tinha perdido a conta de quantos fizera. E tinha que arrumar uma sacola grande para colocar tudo.

Ao se isolar no quarto para fazer as dobraduras, mentalizando o sonho de ser *mangaká*, o garoto se sentia num ninho de pássaros de papel.

Colocou o celular para carregar sobre a cama e recomeçou as dobraduras. Tantas e tão focado, que não viu o aparelho chamar. Esqueceu-se de tirar do silencioso após as aulas.

E Clara já ligava pela segunda vez para falar com ele.

 COISAS EM COMUM NÃO SE PROCURAM, SE ENCONTRAM

Letícia acariciava a cabecinha de Lua, que cerrava os olhos de satisfação.
– Tá bom, Lua. Agora já chega, tá? Senão vou deixar você muito manhosa – e pôs a felina de lado.

A gata fixou o olhar para a dona, como uma rainha incrédula com a súbita rebelião da sua escrava. Lua pulou da cama e saiu do quarto com toda a indiferença gatuna de que era capaz.

– Ai! Que gata mais sensível!

Letícia esticou o corpo para pegar a mochila no chão. Abriu o bolso menor e dele tirou um pássaro de papel.

Makoto não ouviu quando ela o chamou na saída do colégio. Ou melhor, ouviu, contudo olhou para o lado errado. O mesmo que nada. Também, todo dia na saída era o mesmo caos de alunos, pais, carros, pressa e impaciência.

Pegou o celular. Coincidentemente Clara digitava uma mensagem:

Que ódio de Makoto!

O que aconteceu?

Vc não vai acreditar.
Ele me deu um bolo!

> Come, amiga.
> Kkkkk
> Pera. Desculpa. Tô brincando.

Não acredito nisso, Letícia.
Eu aqui falando sério e vc vem com piadinha.

> Calma! Também não exagera.
> Foi só pra descontrair.
> Mas será que ele não teve um imprevisto?

Ele não mandou nem uma mensagem pra justificar.

> Ele deixou vc esperando onde?

Em casa.

> Hã?

A gente combinou de ir ao shopping.
Ou melhor ele ficou de ver se a gente conseguia dar uma volta no shopping hoje.

> Ah...
> Entendi...

Ficou de retornar. Mandar mensagem.
Mas nada.
Eu que liguei
Eu que mandei mensagem
E ele nem pra retornar com uma desculpa esfarrapada.
Não vai dar.

> Espera ele dar notícia.

> Às vezes, acho que ele não tá mais tão a fim de mim.

Ao ler a mensagem da amiga, Letícia levou a mão à boca.

> Por que vc acha isso?

> Ele tá cada dia mais estranho...
> Ou é o jeito dele.
> Sei lá!

> Amiga, decida-se. rs

> Ele demora muito pra responder minhas mensagens.
> Muitas vezes, não presta atenção no que eu digo.
> E é tão caseiro...
> Eu gosto de sair, de dar uma volta, de companhia.

> Mas esse é o jeito dele, né?
> Ele desenha, tem um lado artista.
> Artista gosta de se isolar de vez em quando.
> Também gosto de me desconectar um pouco quando tô escrevendo.

> Já cheguei a pensar que ele pode estar gostando de outra pessoa.

O coração de Letícia acelerou.

> Que nada!
> Vcs têm tanta coisa em comum!
> Adoram animes, mangás,
> comida japonesa...
> Se vcs não fossem parecidos
> eu não tinha inventado de apresentar vcs.

> Pois é.
> Mas, às vezes, acho até que vcs dois têm
> mais coisas em comum.

O coração de Letícia quase saltou pela boca.

> Por exemplo
> Esse lado artista que vc falou.

> Que nada!
> A gente é diferente!
> Não entendo nada desse negócio
> de cultura pop japonesa.
> Não fica pensando besteira.

> Espero que eu não esteja amando em vão

> Amar nunca é em vão.

> Ele tem a cabeça na lua
> E eu com a cabeça na terra
> Quase uma lenda japonesa
> Só que com os papéis trocados

> Qual?

> A princesa da Lua.
> Tem até um filme inspirado nela
> É dos Estúdios Ghibli

> Ah, daqueles filmes que você me mostrou e eu disse que são pura poesia?

> Exatamente!

> Me envia a lenda

> Vou mandar o vídeo da Ari
> Sabe aquela menina do 6º que tem um canal?
> Fios de Ariadne é o nome

46 A SINCERIDADE DÁ FRIO NA BARRIGA

Makoto concluiu mais uma dobradura quando ouviu:
– Filho?
– Mãe? – ela estava encostada na porta no quarto. – Há quanto tempo a senhora tá aí, dona Akemi?
– O tempo suficiente para ver que você faz *tsurus* mais rápido que a sua avó – ela riu.
– Por que chegou cedo do trabalho hoje? A senhora tá bem?
– Se você estiver, eu estou.
A resposta pegou Makoto de surpresa. Por fora, ele tentou aparentar calma, fingindo que a fala dela fora corriqueira. Mas por dentro o garoto sentiu um frio na barriga. Quando o pai ou a mãe aparecia para conversar assim, dava até vontade de ir ao banheiro.
– Sabe, Makoto – ela começou, entrando no quarto do filho e sentando na cama. – A vida tem umas coincidências engraçadas.
Ele nem concordou, nem discordou. Ficou calado, já pensando em como

negar qualquer suspeita da mãe, raciocinando a desculpa que daria para ela se estivesse desconfiada de algo. Akemi prosseguiu:

– Quando a dona Sônia chegou hoje, viu que tinha acabado a água sanitária. Mas, como eu queria que ela desse uma geral no escritório também, você sabe que quando minha bagunça está espalhada ali não gosto que ninguém entre, e ainda tinha um tempinho para chegar no trabalho, então disse que dava um pulo no mercado pra comprar. Na hora de pagar, a mulher do caixa e a embaladora conversavam. E eu fiquei pensando no que elas disseram. A atendente estava achando o filho estranho, com um comportamento diferente, e a outra disse que ela tinha que investigar. Mas a mulher do caixa recusou de imediato, disse que podia ser coisa da idade, que é normal todo adolescente ficar meio diferente mesmo quando vai crescendo e tal. A outra insistiu e disse que ela tinha que ir à escola, procurar saber e tentar conversar com o filho. Não sei o que a atendente decidiu. Mas eu sei o que decidi: preciso saber o que tá acontecendo com o meu filho.

Makoto quis interromper, sair do quarto, alegar que precisava ir ao banheiro, mas ele se esforçou para continuar ali. Talvez aquela fosse a oportunidade de contar tudo o que sentia, de tirar aquele peso de cima dele, de pedir ajuda. E até de chorar. A mãe prosseguiu:

– Pedi para sair mais cedo do trabalho e fui ao colégio. Conversei bastante com Heloísa, Sophia, até sobre o caso do menino Ben e tal... Tinham alguns professores ainda na escola e pude falar com eles também. E eles me confirmaram algumas coisas, como esse seu desânimo, essa sua tristeza, que eu já vinha observando desde que seu avô faleceu... E, meu filho, saiba que você pode contar comigo para falar o que quiser, na hora que quiser... – Nesse segundo, Akemi não segurou a emoção e os olhos dela falaram.

Os dele também.

– Eu quero, mãe. E agora.

Choraram juntos enquanto o garoto contava suas dores com palavras e lágrimas.

 COM A CABEÇA E O CORPO TODO NA LUA

Hello, pessoal! Tudo bom?
Tá começando mais um vídeo do canal Fios de Ariadne!
Já clica em "Inscrever-se" e curte o vídeo pra dar aquela forcinha, combinado?
Como todos já sabem, ou não, tenho um lado *booktuber* e agora tô fazendo o projeto UMA HISTÓRIA POR SEMANA! Isso mesmo! Ao longo de um ano, toda semana, vou comentar uma história que li. E tá valendo tudo nesse desafio, conto de fada, com fada ou sem fada, das mil e uma noites, mito, lenda, fábula... Pode tudo!

E a história de hoje é… A PRINCESA DA LUA! Uma lenda japonesa que já virou uma animação muito linda! Mas vamos lá!

Um casal de idosos vivia na floresta. O senhor era conhecido como o velho cortador de bambus e a sua mulher, como a artesã de cestos e chapéus de palha. Pois é, eles não tinham nomes na versão da lenda que eu li.

E os dois não eram muito felizes. Eles não tinham filhos. Quer dizer, até certo dia.

Numa manhã, ao sair pra trabalhar, o senhor percebeu que um dos bambus brilhava. Ele se aproximou e a luminosidade ficou mais intensa. Se fosse eu, tinha corrido. Mas o senhor se aproximou mais e cortou o bambu. Dentro dele, encontrou uma pequena menina de dez centímetros. Dez centímetros! Colocando a garotinha na palma da mão, voltou rápido para casa.

A artesã só acreditou porque viu. E eu porque a gente também acredita no que lê para embarcar na história. E ela disse que aquela menina seria a filha deles.

Nos dias seguintes, a menina foi crescendo até ficar do tamanho normal. Conto de fadas tem dessas coisas. E o cortador de bambus, quando retornou ao trabalho, teve mais uma surpresa: os outros bambus estavam repletos de ouro. É fan-tás-ti-co!

Com o tempo, o casal deixou de trabalhar. Ficaram ricos, cheios das moedas de ouro, e passaram a cuidar da menina que se tornava mais linda a cada dia.

Assim que ela virou adolescente, os pais adotivos chamaram um sábio para lhe dar um nome. Pois é, esperaram esse tempo todo. E a partir daquele dia ela passou a se chamar Kaguya Hime.

Mas o sábio também alertou que o casal não poderia manter a menina escondida do mundo por muito tempo. Então, os pais adotivos da jovem decidiram fazer uma grande festa para apresentar Kaguya para a sociedade.

Depois disso, as notícias da beleza da jovem correram por

todo o lugar e cinco jovens apareceram para pedir a mão dela em casamento.

Ela tentou recusar os pretendentes, mas seu pai não aceitou suas desculpas. Só que Kaguya não podia se casar. Ela guardava um segredo! Ou seja, as coisas vão se com-pli-car! Para ganhar tempo, ela inventou um desafio para cada um dos pretendentes que estavam acampados na frente da sua casa. Você não escutou errado. Eles acamparam. Tá na lenda. Mas vamos em frente.

Kaguya Hime pediu um presente a cada um. Vou filar a lista aqui pra não errar: uma joia de cinco cores presa à pele de um dragão, a tigela de ouro sagrada dos deuses, o manto com a pele do rato do fogo, um galho da árvore de tronco dourado e uma concha expelida pela andorinha em meio aos seus ovos. Só que os rapazes não sabiam que essas coisas não existiam. Tudo *fake news*!

Mas, não é que, para surpresa dela, eles trouxeram os presentes? Aí, você pergunta: Como? Não era tudo inventado? Era e, por isso, cada um forjou o seu.

Kaguya logo entendeu o que os cinco fizeram e se aproveitou disso para se livrar deles. Ela disse que não se casaria com nenhum, porque ninguém teve a coragem de voltar de mãos vazias e falar a verdade. Esperta ela!

A lição que Kaguya deu nos rapazes correu pelas aldeias e chegou ao palácio do Imperador, que quis conhecê-la. Convocando seu séquito, foi para a casa dela. Simpatizei com o Imperador, acho que se ele se importou mais com a inteligência do que com a beleza.

Lá chegando, ele se apaixonou pela jovem e já quis se casar com ela. Mas meio apressadinho, né?

Assim que o Imperador saiu, Kaguya tentou convencer os pais de que não podia se casar. Ela não era da Terra, mas sim da Lua. Simples assim. E, em breve, ela teria que voltar pra lá. Da janela do seu quarto, a jovem observava a lua cheia se aproximando e sabia que a hora de regressar se aproximava.

Na noite de lua cheia, uma luz desceu sobre a casa da jovem e uma carruagem com cavalos alados surgiu para buscar Kaguya Hime.

Quando viram ela indo embora, o casal de velhos chorou muito. Mas, ao entrarem no quarto da jovem, encontraram um presente: o elixir da vida eterna.

O casal, então, recolheu os pertences da filha. E caminharam para o monte mais alto. Lá queimaram tudo junto ao elixir. Dizem que a fumaça foi vista subindo até a Lua, onde a princesa soube que seus pais da Terra nunca se esqueceriam dela e a amariam para sempre. E entendeu a escolha deles. Pois tudo na vida tem seu tempo. O monte, onde isso aconteceu, ficou conhecido por todos como Fuji.

Meio triste, mas lindo, né? É um dos mais famosos contos de fadas japoneses. Mas e aí, curtiram? Foi dica de um colega de sala meu. Abraço, Kenji!

Se vocês gostaram, curtam, comentem, compartilhem este vídeo! E vocês, é claro, podem deixar comentários e sugestões porque haja história pra ler nesse desafio! Semana que vem tem mais, pessoal! Beijinhos da Ari!

Lua saltou para a cama.

– Você sabia que na Lua tem uma princesa?

A gata esticou as patas dianteiras se espreguiçando e, como se ignorasse a pergunta da dona, se deitou.

– Só que ela é muito mais simpática que você.

Lua fechou os olhos para um cochilo.

Quando Letícia foi escrever um comentário elogiando o vídeo de Ariadne, viu que o último que deixara algo por lá foi Makoto. Aqueles *emoticons* de palminhas.

A garota respirou fundo antes de abrir o aplicativo de mensagens para escrever para o amigo.

UM SEGUNDO JÁ BASTA PARA COMEÇAR A CONFUSÃO

– Amanhã, vou marcar uma psicóloga pra você, tudo bem? – avisou a mãe de Makoto, enxugando os olhos do filho. – E também vou falar com Sophia, pra dar suporte na escola. Ela é bem acessível. Você vai ficar bom logo!

Makoto concordou. Mãe e filho se abraçaram apertado, demoradamente. Depois, ela se levantou para fazer a janta. E ele se voltou para a escrivaninha e os *tsurus*.

Desabafar com a mãe foi a melhor coisa que ele podia ter feito. E se questionava por que não fizera isso antes. Ainda tinha medo de como o pai reagiria, mas o garoto reconhecia que precisava de ajuda, e sofrer solitário não era mesmo uma boa opção. Era necessário rever até a história do samurai que começara. E tinha que mudar também o pedido aos mil *tsurus*. O sonho de ser *mangaká* esperaria um pouco. Antes, ele precisava ficar bom. Saúde mental em primeiro lugar, como reforçara Akemi.

Naquela noite, porém, Makoto perderia o sono. Mas por outro motivo. Só quando pegou o celular, após a conversa com a mãe, foi que se lembrou de Clara e do possível encontro no *shopping*.

– Putz! – Havia muitas mensagens e ligações da garota.

Agora, como explicar e pedir desculpas? Contar tudo para ela como fizera com a mãe?

Clara concluíra os recados da seguinte forma:

> Não sei o que tá acontecendo com vc.
> A gente tem que conversar.
> Mas não vou ficar em casa por sua causa.
> Tô indo pro shopping.
> Mais tarde, se quiser, me liga.

Makoto não soube o que escrever. Demorou para responder e foi sucinto:

> Tive uns probleminhas aqui
> Mas vc tem razão
> Precisamos conversar
> Amanhã, tudo bem?

Após a janta, Clara ainda não tinha respondido e nem ligado. Enquanto pensava em como se desculpar com a garota, outra mensagem chegou. Mas de Letícia.

> Tá tudo bem?

Ela provavelmente vira que ele estava *on-line*. E com certeza Clara já contara tudo para ela.

> Tudo...
> Clara tá uma fera comigo, né?

> Fera é pouco... rs

> Um kaiju então.

> Não peguei a referência.

> Tipo aqueles monstros gigantes
> Godzilla é o mais conhecido

> Então se prepara
> Que vc vai ter que enfrentar a Godzilla

> Mas não fiz por mal
> Tava resolvendo umas broncas aqui...

> Tá tudo bem mesmo?

> Sim

> Dizer que sim nem sempre quer dizer que tava mesmo

> Vc sabe guardar segredo?

> Óbvio

> Acho que tô com depressão

> Mas como assim ACHA?

> Não sei explicar
> É meio difícil escrever de outro jeito
> Mas conversei com minha mãe
> Amanhã vou no médico

> Isso é muito sério!
> Mas você sabe que tem cura, né?
> Lembra a história da tia do Enzo?

> Lembro sim

> Clara já sabe?

> Não, não. Ainda não contei.

> Então eu sou a primeira a saber?

> Isso. Eu vou contar pra ela.
> Mas na hora certa.

> Makoto, você acaba de me colocar numa enrascada!

>> Eu?!
>> Por quê?

> Se Clara descobre que eu já sei e ela ainda não?
> Já pensou na confusão que vai dar?

>> Eita! Desculpa!
>> Não queria te envolver nisso...

> Pera! Desculpa! Tô sendo insensível.
> Vc me contou um negócio muito sério.
> Obrigada pela confiança de toda forma!

Apesar da tristeza, Makoto sorriu. Deixou que ela continuasse digitando:

> É por isso que vc anda meio aéreo, né?
> Percebi há algum tempo tb que você tá mais magro

>> Vc anda reparando em mim?

Letícia parou de escrever quando Makoto mais queria que ela dissesse algo. Ela voltou a digitar.

> Não tem como não reparar rs
> Clara volta e meia comentava comigo

"Será?", pensou Makoto. Clara nunca tinha comentado nada disso com ele.

Escuta
Ou melhor, lê rs
Se precisar desabafar
Pode contar comigo

Obrigado!
Lembrarei disso.

Quando vc vai contar pra Clara?

Não sei. rs

Ai, ai, ai, Makoto!

 UMA HORA O SEGREDO SE REVELA

– Eu não acredito nisso! Eu não acredito nisso!

Letícia se assustou com a reação de Kenji. Ela, Enzo e Makoto tinham acabado de chegar e de escolher uma das mesas da cantina para se sentar enquanto esperavam o sinal tocar.

– O que deu nesse menino? – perguntou Enzo, ao lado da garota.

– O que foi, Kenji? – inquiriu Makoto se aproximando.

Na mesa ao lado, o primo de Makoto e os amigos do 6º ano, Danilo, Robson e Vinícius, conversavam agitados. Na mão de Kenji, um mangá. O garoto explicou:

– Ele é mulher! Ele é mulher!

– Hã? – fez Letícia.

– Quem? – perguntou Makoto.

– O samurai! O segredo do samurai é esse! – respondeu Danilo ao lado do amigo.

Letícia já tinha visto vários alunos lendo os volumes daquele mangá que Kenji segurava pelos corredores da escola. Ela se interessou pela história.

– Como assim? Conta direito.

– Takashi escondia um segredo – explicou o garoto. – E o mangá todo era pra descobrir esse segredo. Aí, agora no último volume, a gente descobre. Ele é ela. O samurai é mulher!

– Kenji, você acabou de estragar minha leitura – disse Makoto.

– Uma mulher samurai – repetiu Enzo. – Taí! Gostei da ideia!

– Tipo Mulan? – arriscou Letícia.

– Isso – confirmou Kenji. – Mas Mulan é chinesa. Takashi, ou melhor, Keiko, a samurai, é japonesa.

– E eu imaginando um segredo de vingança, assassinato, essas coisas! – confessou Danilo.

– Eu também – disse Robson.

– Eu gostei – disse Vinícius. – Mas esses três tão revoltados assim desde que leram o mangá ontem.

– Perdeu a graça – resmungou Kenji.

– Por quê? – quis saber Letícia. – Uma mulher não pode ser samurai?

– Não – respondeu o garoto.

– Mas por quê? – agora foi a vez de Enzo perguntar. – Só por ser mulher? Olha o machismo, meu nobre!

Letícia riu. Enzo, às vezes, exagerava na formalidade.

Kenji não respondeu.

– Nem li, mas imagino que ela foi a mais corajosa e lutou melhor do que muito homem aí na história – disse Enzo.

– Sem falar que ela se disfarçou desse jeito para limpar a honra da família – acrescentou Kenji. – O pai da Keiko se recusou ao *seppuku*.

– O que é isso? – perguntou Letícia.

– O tradicional ritual japonês de suicídio – explicou o garoto.

– Ai! Que horror! – exclamou Letícia.

– Mas ela foi muito valente mesmo – teve que admitir Kenji.

– Ninguém é melhor do que ninguém por ser homem ou ser mulher. O importante é a bravura que tá aqui, ó – e Enzo deu um peteleco no peito de Kenji – no coração – frisou.

Letícia teve que admitir. Enzo tinha mesmo um lado poeta.

NEM TODA CONFUSÃO É BARULHENTA

O sinal tocou e todos seguiram para a sala. Clara ainda não tinha chegado. Nem respondera às mensagens de Makoto.

Ele faltara às aulas na quinta-feira. Tivera a primeira sessão com uma psicóloga, amiga de uma colega de trabalho da mãe. O garoto desabafou, chorou e se abriu até mais do que imaginava. Ele estava realmente precisando falar. Era fato. Contou até da confusão com Clara.

Não só para a psicóloga. Mas também para Letícia, que pediu que ele tivesse paciência, pois a amiga ficara muito magoada com o vácuo. Era importante que ele explicasse o motivo, o que lhe passava na cabeça e no coração.

– E com a coragem de um samurai – ela brincou.

Makoto se dirigiu para a sala, pensando no guerreiro nipônico. Não no que Kenji estava lendo, mas no dele, que estava parado. O garoto tinha que decidir se faria os *tsurus* ou se desenharia. E qual desejo pediria às mil dobraduras.

— Muito bonito! Nem pra me ligar você serve, né?

Clara colocou a mochila sobre a cadeira. Makoto baixou o olhar.

— Você não vai me dizer nada?

— Foi mal...

— Foi mal? Você me deixa no vácuo desde ontem e vai dizer só que foi mal?

— Você não entende...

— Eu não entendo? Será que você me deixa entender? Será que você me conta o que passa aí nessa sua cabeça?

— Calma, Clara — pediu Enzo, se aproximando junto com Letícia.

— Mais calma do que eu já tive?

— É melhor vocês conversarem depois, só vocês, num lugar mais reservado — sugeriu a amiga.

— Por quê? Você sabe de algo que eu não sei?

Makoto reparou que Letícia abriu a boca para falar, mas fechou-a sem emitir qualquer som. Naquele exato instante, ele soube que, mesmo sem palavras, Clara teve a resposta que queria graças à reação de Letícia, tão transparente como vidro.

— Meu namorado e minha melhor amiga têm um segredo? É isso? — E Clara tentou conter o choro. — Já tô até imaginando o que é.

— Espera — pediu Letícia, segurando o braço da amiga.

— Me solta!

— Não é nada disso que você tá pensando.

Chorando, Clara se desvencilhou de Letícia e encarou Makoto:

— Pensava que seu nome significava sinceridade. Pelo visto, me enganei. Você é todo um erro! Você só sabe decepcionar as pessoas, Makoto!

Ele não conseguiu conter as lágrimas.

Decepção. Primeiro, o avô. Depois, Clara. Sem contar os deslizes recentes na gincana. A preocupação que agora dava à mãe. Os custos que ela e o pai teriam, e que ele ouvira sem que percebessem.

Um só garoto. Mas um milhão de problemas. Makoto se sentiu a pior pessoa do mundo.

51 MUITAS PALAVRAS NA CABEÇA, NENHUMA NO PAPEL

– Clara! Vamos conversar, por favor! – pediu Letícia quando a amiga voltou depois do intervalo.

Ainda na primeira aula, Clara pegara a mochila da cadeira e sentara no fundo da sala.

– Agora não adianta – disse Enzo, colocando a mão no ombro de Letícia. – Ela tá com raiva. E muita. Melhor deixar as coisas esfriarem um pouco.

– Ela entendeu tudo errado – exasperou-se Letícia.

– Eu sei.

– Hum? Como assim você sabe?

– Ou melhor, imagino o que seja. Modéstia à parte, diria que sou um bom observador.

– Você é um bom metido isso sim!

– Também não precisa ofender, né?

– Desculpa.

– Tudo bem – ele riu. – Mas um olhar atento é pré-requisito para escrever um bom verso. E nisso você vai ter que concordar comigo.

Letícia concordou. E olhou para Makoto que puxara o capuz e escondera a cabeça entre os braços, feito uma tartaruga que se protege dentro do próprio casco.

– Bom dia! Bom dia! – disse Lila, entrando na sala. – Preparados para a melhor aula da manhã?

O silêncio respondeu à professora.

– Misericórdia! Então, vamos abrir os cadernos para ver se vocês pelo menos se animam escrevendo.

A discordância foi quase geral.

– Agora sim! Antes reclamando que em silêncio – e se voltou para Letícia: – Ah, quero que você declame um dos seus poemas no Sarau Poético. Não se esqueça, viu? Vá pensando aí na sua apresentação. *Viva a vida!* é o tema deste ano.

"Como é que vou escrever sobre felicidade e vida com a cabeça revirada deste jeito?", pensou a garota, preocupada com Clara e Makoto. "Inspiração zero."

– Há quem diga que para escrever é preciso inspiração. Outros, não – começou a professora, como se adivinhasse os pensamentos da aluna, enquanto caminhava pela sala. – Alguns escrevem sobre a dificuldade de escrever e outros até defendem que o próprio ato de escrever inspira! E a gente vai testar isso hoje, escrevendo uma crônica! Quero dizer, cada um vai fazer uma crônica. Mas antes vamos ler alguns exemplos que trouxe aqui pra vocês. Tem Rubem Braga, Fernando Sabino, Rosana Rios, Marina Colasanti... Só coisa boa! – E puxou delicadamente o capuz de Makoto para trás. – Nada de dormir na minha aula, viu? Senão fico triste – complementou Lila. – Quem quer ler o primeiro texto?

Letícia olhou para o relógio. Nem cinco minutos de aula. Aquela manhã seria interminável... E a garota torceu para que o raciocínio da professora estivesse certo, sobre escrever até mesmo sem inspiração, senão o trio – Letícia, Makoto e Clara – entregaria as primeiras redações em branco da vida.

QUANDO PARECE DAR ERRADO, A GENTE TENTA FUGIR

– Quero que escrevam sobre um episódio marcante na vida de vocês, uma cena recente, ou uma lembrança que ficou bem guardada na memória.

Essa foi a recomendação de Lila. E Makoto seguiu à risca, principalmente a segunda sugestão. Talvez escrever lhe fizesse bem, mas acabou a redação sem conter as lágrimas. Ah, como lembrar doía!

Makoto avisou à professora que precisava ir à coordenação. Lá, contou para Heloísa que não estava se sentindo bem, que tinha terminado com a namorada e queria ir para casa. Pediu que a coordenadora ligasse para a mãe.

Akemi atendeu ao pedido do filho. E, por isso, ele pôde retornar para casa mais cedo.

– Você tá bem mesmo? – perguntou a mãe ao telefone.

– Tô sim, mãe. Não se preocupa. Tá tudo bem. Clara tá meio brava, mas a gente vai se ajeitar.

Ao desligar o telefone, Makoto voltou a chorar. Mentira. Provavelmente isso não aconteceria. Como ele só fazia burrada? Agora, fizera duas.

Decepcionara Clara e ainda deixara Letícia em maus lençóis.

"Parece que destruo tudo o que toco!"

Ele não era tão bonito quanto Enzo. Ele não se dedicava num relacionamento como Clara. Ele não sabia dar a volta por cima como Letícia. Todo mundo ao seu redor parecia navegar com facilidade sobre as ondas dos problemas. Mas ele não. Ele não tinha coragem para nada. Nem força de vontade suficiente para dobrar um *tsuru*. Os papéis estavam amontoados no quarto à sua espera. Os esboços de *O Samurai Solitário*, cujo desenho ele aproveitara no cartaz da gincana, também o aguardavam, esquecidos em cima da escrivaninha.

Makoto se sentia a pessoa mais desprezível do mundo.

Makoto se sentia a pessoa mais sem importância da face da Terra.

Makoto pensou que não faria falta para ninguém.

53 O SUMIÇO DE UM AMIGO
É A COISA MAIS ASSUSTADORA DO MUNDO

A quinta aula da manhã, de Geografia, pareceu um ano letivo inteiro para Letícia. A cada segundo que passava a garota ficava mais angustiada por qualquer notícia que fosse de Makoto. A coordenadora Heloísa só viera buscar a mochila do amigo e não dissera nada.

Assim que o sinal tocou, Letícia ligou para ele. O celular deu fora de área ou desligado. Por isso, ela correu para a arquibancada quando viu Kenji ao lado de Vinícius.

– Kenji! Você viu Makoto por aí?

– Não faço a menor ideia de onde ele tá.

– Pelo visto, você vai repetir isso mil vezes hoje – disse Vinícius para o amigo.

– Por quê? – estranhou Letícia.

– Minha mãe e minha tia já ligaram do trabalho perguntando por Makoto – explicou Kenji. – Elas também estão procurando por ele. Makoto voltou sozinho pra casa hoje. Mas o celular só dá fora de área ou desligado.

– E você não faz ideia de onde ele possa estar?

– Não.

– Ele falou com você hoje? Disse alguma coisa?

Kenji franziu o cenho:

– Agora que você perguntou... Ele disse sim. No intervalo, perguntei pra ele se tinha trazido meu mangá, mas respondeu que precisava resolver uma coisa que já deveria ter feito há muito tempo.

Letícia se lembrou do cartaz que Makoto fizera para a gincana. E do trágico destino dos samurais. O coração dela acelerou.

– A gente precisa ir no apartamento de Makoto!

– Mas não tem ninguém lá.

– Você tem certeza?

– Ninguém atendeu ao telefone fixo.

– Não atender não significa que ele não tá em casa.

– Por que você tá preocupada desse jeito? Tá me assustando.

– Temo que ele pense em fazer besteira.

Kenji se levantou num salto. Ele quis dizer algo. Mas não disse. Talvez ele já soubesse do quadro de saúde do primo.

– Eu tenho uma cópia da chave – avisou Kenji. – Como vou sempre lá, minha tia achou mais prático me dar uma. Agora como a gente vai fazer pra ir lá? A pé?

– Temos que chegar rápido! Vem comigo! – E Letícia gritou ao ver Enzo entrando no carro da mãe: – Enzo! Aceito sua carona!

No curto percurso até a rua onde Makoto morava, Kenji acabou revelando que a tia contara que Makoto estava com depressão e que pedira para ele ficar de olho no primo.

Ao chegar em frente ao prédio, a mãe de Enzo constatou:

– Não tem lugar para estacionar.

– Liga o alerta e espera aqui – Enzo disse enquanto o trio descia do carro.

– Vocês não podem subir sozinhos!

Num segundo, o porteiro abriu a grade. Perguntaram por Makoto. Ele disse que começara o turno há menos de dez minutos. Não tinha visto se o garoto chegara. Tomaram o elevador. E, em menos de um minuto, Kenji, Letícia e Enzo invadiram o apartamento. Ninguém na sala. Correram para o quarto.

Um bando de *tsurus* espalhados pela cama, pelo chão, pela mesa de estudos. No centro dela, uma dobradura incompleta. Na cadeira, a mochila de Makoto.

– Ele esteve aqui!

Letícia abriu a mochila. Quem sabe ali houvesse alguma pista?

Encontrou a folha de redação com a crônica, o papel manchado de lágrimas. Tremendo, ela começou a ler.

54 A ESPADA QUE RI

Aconteceu nas férias de verão, em janeiro deste ano.

Passava o final de semana na casa do meu avô Akira, em Natal, no Rio Grande do Norte. E lá estávamos meu primo Kenji e eu.

Depois do café da manhã, fomos para o quintal, onde meu avô trabalhava, cuidando do jardim. Ele tinha podado algumas árvores.

Havia muitos galhos e troncos espalhados pelo chão. Por isso, meu primo deu a ideia:

– Vamos tirar uma foto com a katana de vô?

Meu avô tinha uma katana, ou melhor, uma cópia da tradicional espada samurai. Achei a ideia boa. Tirar umas fotos, postar nas redes sociais, ganhar uns likes. E a imagem ficaria bonita.

Kenji correu para dentro de casa.

Então, vô Akira perguntou:

– O que vocês estão aprontando?

– Nada – respondi. Ou melhor, menti. Infelizmente, sou bom nisso.

Kenji logo voltou com a katana e foi anunciando:

– A gente vai tirar umas fotos igual a um samurai.

– No Período Edo, não havia máquina fotográfica.

– Vô, o senhor entendeu – retrucou meu primo. – É a gente fingindo ser samurai.

Meu avô olhou pra mim e percebi que ele não estava muito satisfeito com a ideia. Tive vontade de pedir que Kenji devolvesse a espada. Era melhor.

Mas era só uma foto. Não aconteceria nada demais.

Kenji colocou um tronco sobre uma pedra e eu tirei a foto. No entanto, a cara do meu avô me fez mudar de ideia. Como o neto mais velho eu deveria demonstrar maturidade e deixar esse negócio logo de lado. Desisti.

Mas Kenji insistiu. E concordei de novo. Pra quê?

Então, meu primo falou que o tronco não estava legal na foto. Retiramos. Ele também sugeriu fazer um vídeo, aqueles de poucos segundos, da espada descendo, como num golpe. Topei, querendo não topar. Nosso avô observava tudo aquilo com ar de reprovação.

A ideia de Kenji era parar o mais rente à pedra possível para ficar bem realista.

– Já! – ele gritou.

E desci a espada com toda velocidade. Só que não parei a tempo. Sem querer, a lâmina acertou a pedra. E quebrou. Ao meio.

– Me devolvam isso agora – ralhou nosso avô, furioso.

E a cena que mais me marcou foi vê-lo com os olhos úmidos, a boca retraída e as mãos trêmulas, quase se machucando, ao colocar as duas partes da espada de volta na bainha.

A união das lâminas formava um sorriso cruel e doloroso. A reprodução da cicatriz que eu fizera no coração do meu avô.

Nesse mesmo dia, à noite, a pressão dele subiu e ele foi socorrido. Não culpo Kenji. A culpa foi minha. Eu era o mais velho.

Disseram que a pressão e o lance da espada não tinham nada a ver. Mas o esforço em excesso ao podar as árvores do jardim. Não acreditei. Uma semana depois, meu avô faleceu.

Desde então, não consigo tirar da cabeça que a responsabilidade é minha. Todos dizem que não. Porém, não consigo acreditar.

Por ironia do destino, a espada agora mora na sala da minha casa. Ganhei na volta das férias de julho de vó Lúcia. Ela disse que meu avô iria querer que ela ficasse comigo e que não seria difícil de consertar. Ela veio na mala do carro, como o passado que anda com a gente na memória. E hoje está lá na sala.

Mesmo coberta pela bainha, imagino que a espada ri pra mim. O garoto que só faz decepcionar todos que gostam dele.

55 HÁ HORAS PARA FALAR E OUTRAS PARA CALAR COM UM ABRAÇO

Ainda com o texto na mão, Letícia chorava.

– Makoto! – gritou.

Enzo a abraçou.

– Ah! – Agora foi a vez de Kenji gritar.

– O que vocês tão fazendo aqui? – perguntou Makoto assustado, entrando no quarto. – Vocês invadiram meu apartamento?!

Letícia correu e abraçou o garoto. Com o pulo, as costas dele bateram na porta.

– Ai! Calma aí! Assim você vai me machucar!

– Eu pensei... Eu pensei... – E ela começou a chorar. – Você tá vivo! Você tá vivo!

Ele fez um carinho nas costas dela, como que compreendendo.

– Pensei um monte de coisas – confessou Letícia, erguendo a redação.

– Que susto você deu na gente, velho – disse Enzo.

– Não faz mais isso – repreendeu Kenji. – Dá notícias. Atende o celular. Você tem esse negócio pra quê?

– Espera. É muita informação – riu Makoto sem jeito.

O interfone tocou.

– Deve ser minha mãe tentando subir – disse Enzo, retirando o celular do bolso que também tocava naquele exato momento. – Vem comigo pra liberar a entrada da minha mãe, Kenji.

Assim que os dois saíram do quarto, Makoto falou, indicando com o queixo a folha que Letícia ainda segurava.

– Você pensou besteira por conta disso, né? O final ficou meio pesado, eu admito.

– E por que o seu celular tá desligado? E essa espada da redação onde tá?

– Esqueci o celular carregando na tomada do banheiro. Tomei um banho assim que cheguei para esfriar a cabeça e afastar os pensamentos ruins. Ah, ainda tá lá.

– Os pensamentos ruins? – repetiu Letícia, preocupada.

– Não, o celular carregando – corrigiu Makoto.

– Você tá bem mesmo?

– Apesar do estresse inicial, tô. Talvez tenha sido melhor assim.

– E a espada?

– A espada? Acabei de devolver à parede da sala. Quando cheguei, o rapaz do conserto avisou que eu poderia buscar. Por isso vocês não me encontraram em casa. Aliás, não sou tão importante pro pessoal vir aqui preocupado comig...

Ela interrompeu-o pondo o dedo em seus lábios:

– Não se esquece nunca de que você é muito importante, tá?

Ele se surpreendeu com a reação de Letícia. Depois, falou:

– Minha avó também disse isso hoje.

– Sua avó?

– Um segundo – e ele correu para fora do quarto, voltando logo em seguida, trazendo o celular. – *Vixe!* Quantas ligações e mensagens... Mas olha! Minha avó inventou de entrar no mundo digital.

Na tela, uma foto de Makoto e um texto como legenda:

Vou começar este perfil aqui postando as fotos dos meus netos. Tenho dois. Ou melhor, três. Mas o terceiro ainda tá a caminho. Kkkkk Mas vou falar hoje do primeiro. Esse é Makoto, o meu neto mais velho e filho da minha Akemi. É um garoto introspectivo, na dele, tem um ar meio triste, mas espero que seja só fachada. E é muito inteligente. Desenha muito bem. Quando ele era pequeno falava que queria ser mangaká. Não sei se entendia bem o que era ou se achava o nome engraçado. (Risos) E amava o avô. Meu querido Akira. Aliás, ama. O verbo amar não deveria ser conjugado no passado. O tempo separa. Mas o amor não acaba. Mesmo longe, ele mora em Recife, amo muito o meu neto. Ele é muito importante pra mim! Aishiteru, Makoto!

– Ela usou o *kkkkk* e depois a palavra *risos* – comentou Makoto. – Tava olhando essa postagem quando acabou a bateria do...

– Você é importante, Makoto! – interrompeu Letícia.

Ele franziu o cenho, como se quisesse entender o sentido exato daquelas palavras. Perguntou:

– Importante para... a família?

– Família, amigos... e também pra mim – ela respondeu. – Se você precisar de qualquer coisa, pode me ligar. Sou mais que uma amiga.

– Mais que uma amiga? – ele repetiu.

– Para de perguntar, Makoto! – E Letícia abraçou novamente o amigo. Dessa vez, com mais calma, com mais carinho.

– É engraçado, sabe? – começou o garoto.

– O quê?

– Depois da mensagem da minha avó e de encontrar vocês aqui... Eu nunca me senti tão importante, tão vivo.

56 PEQUENOS SAMURAIS TAMBÉM ESCONDEM GRANDES SEGREDOS

Alívio.

Era esse o sentimento de Makoto.

No dia seguinte, a conversa com Clara foi difícil. Ela não fora para a escola e ele teve que ir à casa dela após as aulas. Mas cada um do seu lado já tinha concluído que o relacionamento não dera certo. Apesar de todos os esforços, a semente não germinara. Era melhor se evitarem por um tempo, para as feridas cicatrizarem e os corações se renovarem para o futuro.

Ela pediu duas vezes desculpas: por não ter suspeitado do que se passava com ele e pelas grosserias que falara. Ele pediu desculpas três vezes: por não ter se aberto, por não ter sido sincero e pelo bolo no dia que ela queria ir ao *shopping*. E pediu que Clara perdoasse Letícia. Se tinha alguém de quem ela poderia ficar com raiva era dele, e não dela.

– Apesar de tudo, você é incrível, sabia?

– Eu mesmo não. Você é que é, Clara.

– Todos nós somos incríveis, Makoto. Todos nós. Se precisar contar comigo, fala, tá?

Ele assentiu, acenou e seguiu para casa. Apesar do alívio, ele optou por retornar a pé, a fim de aproveitar por mais tempo esse sentimento. De finalmente ter feito a coisa certa. De tudo voltando a se acalmar.

Ou não.

Uma cena chamou a atenção do garoto: andando em círculos ao redor de uma árvore na calçada, Kenji conversava sozinho.

– O que é que você tá fazendo aí, pequeno samurai?
– Makoto! – exclamou o primo. – Nada, ué!
– Tava falando sozinho?
– Pensando em voz alta – corrigiu.
– Por quê?
– Porque minha mãe vai me matar – e retirou do bolso traseiro da calça um papel dobrado que entregou para Makoto.
Ele desdobrou. Era uma prova. De Matemática. E zero era a nota.
– Bonito! Muito bonito!
– Não disse? Minha mãe vai arrancar minha cabeça fora! Zás!
– Você não estudou?
– Um pouco.
Makoto encarou o primo.
– Ou quase nada – ele confessou. – Já sei que mãe vai cortar meu *video game*, meus animes, meus mangás.
– É preciso dividir o tempo.
– Eu sei, eu sei. Mas sempre tirei nota boa. Só cometi esse pequeno deslize agora.
– Você sabe que não adianta esconder, Kenji. Ou você mostra logo ou depois ela vai ver no boletim.
– Como muita gente tirou nota baixa, o professor vai aplicar outra prova. Jader tá diferente esses dias... Menos carrasco, entende? Aí, se eu esconder esta nota e só mostrar a outra não vai ter problema.
– Esconder um problema é sempre um problema – disse Makoto pensando mais na confusão em que se metera por não ter sido sincero do que no dilema do primo.
Kenji suspirou e sentou no círculo de tijolos ao redor da árvore.
– Pareceu o vovô falando agora.
Aquilo tocou fundo no coração de Makoto. Como vô Akira fazia falta!
– Ele sempre dizia que a gente deve agir como um samurai – relembrou Makoto, sentando-se ao lado do primo.
– Trilhando o caminho do guerreiro.
– Isso. O Bushido.
– Coragem, compaixão, justiça, lealdade, honra, respeito e sinceridade – recordou Kenji, contando nos dedos para não errar. – Você é a própria sinceridade, Makoto! E *literalmente*, como diria Lila!

– Quem dera... – riu Makoto. – Quem dera.

– Eu tô um samurai meio *fake*, né? Mas o vovô deve estar orgulhoso de você.

– De mim?

– Teve coragem de contar o que tava passando e pedir ajuda. Você é forte como um samurai, primo.

Uma curta ventania balançou a copa da árvore. Flores amarelas caíram.

– Uau! – fez Kenji.

Por um segundo, Makoto teve a impressão de que alguém estava por perto, ouvindo-os. Mas, ao olhar para trás, não viu ninguém.

– Que árvore é essa? – perguntou o primo.

– Acho que é um ipê-amarelo.

– Não temos flores de cerejeira, mas temos flores de ipê.

– Hum-hum – concordou Makoto.

– Será que vovô já perdoou a gente pela história da espada?

– Conversei ontem à noite com vó Lúcia. Ela disse pela milésima vez que vô Akira nos amava acima de tudo. E que nenhum objeto é mais importante do que uma vida.

– Hum-hum – agora foi a vez de Kenji concordar.

– A gente soube reconhecer nosso erro – continuou Makoto. – Vô Akira deve estar orgulhoso. E de nós dois – e colocou o braço sobre os ombros do primo.

A sensação de que alguém os observava permaneceu. Mas Makoto não olhou para trás de novo. Apenas sorriu, preferindo imaginar que vô Akira estava ali mesmo ao lado deles.

57. POESIA E MÚSICA, OS MELHORES REMÉDIOS PARA A ALMA

Quinze dias se passaram.

E chegou o dia do Sarau Poético. Toda a escola havia se preparado para o evento, relacionando tudo com a campanha do Setembro Amarelo.

No palco, todos os professores, inclusive Jader e a família de Ben. Tanto o professor quanto a irmã dele, a mãe do adolescente, deram depoimentos sobre a importância de escutar e de não negligenciar o pedido de ajuda de alguém. Ouvir talvez seja mais difícil do que falar, ela dissera. Mas salvava vidas. E por isso pediu que todos dessem atenção aos seus filhos e também aos amigos deles.

Momentos depois, Lila comandou:

– E para falar de vida, nada melhor do que a arte! Com vocês, Enzo e Letícia!

A dupla subiu ao palco. Enzo conferiu a afinação do violão e fez sinal de positivo para a garota. Letícia começou a declamar enquanto Enzo, ao lado dela, tocava:

A amiga

Antes de abrir os olhos
Ela já acompanhava você
E vibrou com o choro da primeira inspiração

Vem
Intensa
Dizer que é
Amiga,

Vida!

E ensinou que dor e alegria
Andam lado a lado
Como doce e cárie
Ou bicicleta e arranhão

Vem
Intensa
Dizer que é
Amiga,

Vida!

Assim como João e Maria
Sentimos medo
De fantasmas, da violência,
Da morte, e até de viver

Vem
Intensa
Dizer que é
Amiga,

Vida!

Medo de tudo que não vemos
E do que talvez nunca veremos
Mas pra que se preocupar?
Que tal brincar e viver?

Vem
Intensa
Dizer que é
Amiga,

Vida!

Sem pressa, curtindo
O dia e a noite
Like like like na internet
E carpe diem fora dela também

Vem
Intensa
Dizer que é
Amiga,

Vida!

Às vezes a Vida é chata
Às vezes ela é complicada
Mas como toda boa amiga
Sempre está ali com você

Vem
Intensa
Dizer que é
Amiga,

Vida!

– Todo mundo agora – pediram Letícia e Enzo.

Vem
Intensa
Dizer que é
Amiga,

VIDA!!!

O SONHO DOS PÁSSAROS DE PAPEL DE UM GAROTO

No palco, a música rolava solta com Enzo, que cantava a famosa letra de Gonzaguinha:

Viver
E não ter a vergonha de ser feliz
Cantar e cantar e cantar
A beleza de ser um eterno aprendiz

Nesse momento, os meninos do sexto ano começaram a distribuir os *tsurus* coloridos feitos por Makoto.

Ele se aproximou de Letícia, que já havia descido do palco. Dando-lhe um abraço apertado, o garoto disse:

– Parabéns! Você deu um *show*!

– Tava tão nervosa. Olha só como tô tremendo – e ela estendeu a mão.

– Mas não pareceu, não – e retirando algo do bolso, colocou sobre a palma dela: – Este *tsuru* eu guardei pra você. Ele é especial. O de número mil.

– Você conseguiu?! – Ela arregalou os olhos.

– Acabei agora enquanto os professores discursavam. Eles falam demais, né?

Letícia riu e disse:

– Vou guardar com carinho para que nossa amizade dure mil anos!

– Amizade?

Ela não respondeu.

– Só amizade mesmo? – ele insistiu.

– Não é mais só amizade, né?

– Acho que tem outro nome...

Letícia concordou. E Makoto perguntou:

– Agora só mil anos mesmo?

– Seu bobo!

VERSOS SÃO COMO ARTÉRIAS, LEVAM A POESIA DO CORAÇÃO

Na sala da casa de Letícia, ela estava sentada no sofá e Makoto, no chão com as costas apoiadas no móvel. Ele segurava algumas folhas grampeadas que Letícia acabara de imprimir.

Ansiosa, ela olhava por sobre o ombro dele. E, não aguentando o silêncio, pediu:

– Comenta alguma coisa!

– Calma! Tô lendo – ele riu.

– Então, lê em voz alta.

Makoto, então, começou:

Animais

Mergulhar leve
A tartaruga
O casco não impede

Como cães na coleira
Proas atracadas
Pedem liberdade

Gata parada
Encara a imitação
Que o espelho criou

— Excelentes!
— Esses eu fiz depois que você comentou comigo que foi no zoológico.
— Era um aquário. Mas parecia mesmo um zoológico.
— Continua!

Amores

À espera da poesia
Aponto lápis de cor
Fabricando flores

Quem não desenha
Com palavras
Escreve um coração

— Esses são bem você...
— Bem isso – riu Letícia.
— Falando em amores, você viu com quem Enzo tá namorando?
— Vi! Depois da gincana, Enzo e Nayara acabaram se aproximando.
— E agora, vê só, ele tá namorando uma prima dela!
— Mas deixa Enzo, Nayara e a prima dela pra lá! Lê os outros! Faltam só dois!
— Mas antes. E Clara? – quis saber Makoto. – Será que ela nos perdoou mesmo?
— Ela disse que homem nenhum merece fazer a gente perder a amizade – sentenciou Letícia.
— Ai... – fez Makoto. – Mas acho que ela meio que me evita ainda.

– Normal – disse a garota. – No início, retomar nossas conversas foi também meio estranho... Com o tempo as coisas vão se ajeitar, você vai ver.
– Você sempre tem razão.
– Eu sei – ela riu. – Agora lê os outros dois haicais! Vai!

Caminhante solitário
Não está só
Se o amor é próprio

Cabelo de nanquim
Olhos traços de pincel
Sorriso só pra mim

– Esse já é o meu preferido. Agora é a minha vez de mostrar uma coisa.
– É o mangá?
– O início. Não se esquece de ler da direita pra esquerda, tá?

AMIZADE E AMOR, EIS O NECESSÁRIO PARA VIVER

– Perfeito! – exclamou Letícia. – Viva a vida! – E aplaudiu.

Makoto sorriu. Lua ziguezagueou entre os pés dele, como se desdenhasse da presença do garoto. Letícia pôs a mão sobre o ombro esquerdo de Makoto. Com a mão direita, ele segurou a mão dela com firmeza. Depois, jogou a cabeça para trás. A garota beijou-o.

Lua pulou no sofá, atrapalhando a cena. Riram. Mas as mãos não se separaram. E, se dependesse deles, não se soltariam nunca mais.

SEVERINO RODRIGUES

Sou escritor de literatura juvenil e professor de Língua Portuguesa no Instituto Federal de Pernambuco (IFPE). Este foi meu livro mais difícil de escrever. Mas, como escreve Lila no quadro, precisamos falar sobre a depressão. Neste mundo ansioso, abordar temas assim é imprescindível, e a literatura sempre será a melhor forma de diálogo com os adolescentes. Aliás, em sala de aula, percebo que eles anseiam bastante por essa conversa. Por isso, para construir uma história de esperança, cada capítulo aqui foi pensado com o cuidado que temos ao fazer uma dobradura.

LAERTE SILVINO

Sou ilustrador, quadrinista e, de vez em quando, escrevo livros infantis também. Sou de Recife – Pernambuco, mesma cidade em que se passa a história deste livro. Ilustrar *Mil pássaros de papel* foi remexer no meu baú de memórias. Me vi muito no Makoto quando tinha sua idade. Assim como ele, comecei desenhando mangás. Outra semelhança é que na mesma época também tive um período de depressão. Foram dias difíceis, mas superados graças aos meus grandes amigos e ao desenho, que para mim sempre foi uma terapia. Dias ruins passam! Foi a lembrança que me veio ilustrando este livro.

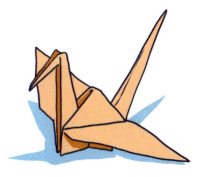

Este livro foi composto com a família tipográfica
DIN para a Editora do Brasil em 2020.